KB072321

삶의 무늬가 된 인연들

삶의 무늬가 된
인연들

김형규 산문집

맑은샘

어린 시절, 엄마가 손수 떠준 장갑과 목도리, 두툼한 옷으로 추운 겨울을 따뜻하게 나곤 했다.

지난겨울, 여든 중반의 내 엄마가 아들과 딸, 며느리의 목도리를 뜨는 모습을 곁에서 물끄러미 바라보았다. 오랜 세월이 흘렀어도 여전하신 엄마의 부드러운 손놀림과 뜨개질 솜씨가 신기하게 느껴졌다. 엄마의 오랜 삶의 경험과 마음이 조화를 이뤄 결고운 무늬의 예쁜 목도리가 탄생하는 것이리라. 한결같은 사랑이다.

인간은 누구나가 다 순백의 도화지에 저마다의 삶을 장식한다. 밑그림을 그리고 색색의 물감으로 채색하며 한편의 그림을 완성해 간다. 씨실과 날실의 어우러짐 속에서 결이 곱고 아름다운 무늬의 예쁜 옷을 만들어간다.

사랑하는 가족, 순수하면서도 저마다의 색깔을 지닌 꽃 같은 아이들, 퍽퍽함에 굴하지 않고 일상에 충실한 이웃들. 정말 고마운 인연들이다. 잠시 발걸음 멈추고 내 삶의 흔적을 돌아보면 시행착오도 보이고 갈지자의 발자국도 낯설지 않다. 그래도 삶의 순간순간마다 내가 걸어온, 내가 만들어가는 내 삶의 민낯이고 무늬이다. 부끄럽다.

유리알처럼 맑은 영혼의 동생이 더욱 그리운 날이다.

신록이 짙어가는 마망산 자락에서

김 형 규

고등학교 3년을 돌이켜보면 선생님이 제일 먼저 등장합니다. 시험 기간, 기숙사 열람실에서 선생님 블로그 글을 읽으며 홀로 눈물 흘렸던 기억, 문학시간 양귀자의 〈한계령〉을 배우고 그날 저녁 양희은의 〈한계령〉을 들으며 일기를 적던 기억, 고3 원서 접수 시기에 선생님과 이야기를 나누며 교정을 산책하던 기억, 선생님이 손수 끓여주신 라면을 먹으며 까르르 웃음을 쏟아내던 순간 등 감수성이 마음을 적시는 추억을 더듬으면 그 중심엔 늘 선생님이 자리 잡고 있습니다.

선생님의 글과 말에서는 향기가 납니다. 보드라운 흙냄새, 실바람에 풀들이 마구 뒤엉켜 내는 초록 냄새, 때로는 진하고 넉넉한 인간적 사랑에 마음이 촉촉이 젖어 들곤 합니다. 그런 향기를 맡고 있자면 진한 향수가 느껴집니다. 스무 살인 내가 경험해 본 적 없는 감정에서 우러나는 향기임에도 그리움과 아련함에 가슴이 찡해지곤 합니다.

선생님의 수업 시간에는 총천연색 감정이 날아다닙니다. 유달영의 〈슬픔에 관하여〉을 배울 때는 삶을 살아가게 하는 슬픔 속에서 있는 그대로의 슬픔을 바라볼 수 있는 태도를 익혔고,

〈어린 왕자〉 영화를 통해 존재의 빛에 대해 고민하며 실존주의를 공부하기도 하였습니다. 자유롭게 작품을 감상하고 학생들 모두의 생각을 적극적으로 수용하시던 선생님의 모습이 생생합니다. 진정으로 배움의 기쁨을 느낄 수 있는 시간이었습니다.

3년간 선생님과 함께하며 마냥 소심한 줄로만 알던 내가 실은 대담한 면이 많다는 것을 알았고, 냉혹하게 다가오는 세상 속에서 아름다움을 찾는 법도 배웠습니다. 고등학교 시절에 배운 가치들이 낯선 서울 땅에서 하나둘 나타날 때마다 선생님이 많이 그리워집니다. 그때는 하루가 벅차다고 느낄 때도 있었는데 돌아보니 그 시절이 마냥 눈부시기만 합니다.

세상으로 커다란 한 발을 내디딘 지금, 그리움을 동력 삼아 그저 오늘을 씩씩하게 살아내려 합니다. 가끔 힘들 때는 선생님의 글과 옛 추억을 펼쳐봅니다. 언제든 그 자리에서 저를 품어주는 존재가 있다는 생각만으로도 용기가 납니다.

관악캠퍼스 학부 생활관에서

장 서 영

1장
나를 성장시킨 아이들

내 마음속 피그말리온

내 마음속의 피그말리온은 별님이다. 교사 초년 시절, 공주 마곡사 산자락에 위치한 사곡중학교에 근무한 적이 있다. 그 학교를 떠나오던 해에 1학년을 담임했는데, 유달리 눈매가 초롱초롱하고 책 읽기를 좋아했던, 똑똑한 한 아이가 있었다. 그 아이가 바로 학급 반장이기도 했던 별님이다.

진달래가 피고 벚꽃이 만발한 4월의 어느 날이었다. 학교 뒷동산에 올라 넓은 들녘을 바라보며 "여러분들은 절대 우물 안 개구리가 되어서는 안 돼요. 세상을 넓게 보면서 견문을 쌓아야 해요"라고 사회를 보는 안목과 삶에 있어서 지혜의 중요성에 관해 이야기했는데, 산만하기 쉬운 야외에서의 수업임에도 불구하고 아이들의 반응은 의외로 진지했다.

그로부터 며칠이 지난 어느 날 밤, 집에서 뉴스를 보고 있는데 그날따라 유달리 크게 들리는 전화벨 소리가 가슴에 와닿았다.

"선생님, 저 별님인데요. 여기 서울이에요."

"어, 토요일도 아닌데 어쩐 일이냐?"

의아해하며 물었더니 며칠 전 선생님이 야외수업을 하면서 한 말을 깊이 생각하고 느낀 바가 있어, 친구 네 명과 함께 말로만 듣던 서울엘 갔다는 것이었다. 물론 책가방을 메고 교복까지 입은 채 말이다. 실로 난감한 일이 아닐 수 없었다. 이미 공주행 막차는 끊겼을 시간이라 크게 걱정을 했더니, 고모가 서울에 사는데 터미널에 도착하자마자 미리 전화를 해서 고모부 내외가 마중을 나오는 중이라고 했다. 그리고 교보문고, 창경궁, 서울대학교 등을 둘러보고 다음 날 오후에 내려갈 거라며, 죄송하다는 말을 잊지 않았지만 어쩔 수 없었다. 낯선 사람 조심하고 다음 날 너무 늦지 않게 내려오라고 신신당부를 하는 수밖에.

그날 밤 나는 아이들의 행동에 황당해하면서도 한편으로는 대견스럽다는 생각을 하며 뜬눈으로 밤을 새웠다. 이튿날 이가 빠진 듯 듬성듬성한 교실을 바라보며 아이들의 행동에 대해 여러모로 생각했고, 밤 10시가 넘어 별님이 엄마로부터 아이들이 무사히 도착했다는 전화를 받고서야 잠자리에 들 수 있었다.

다음 날, 수업이 끝난 뒤 아이들과 교정에 앉아 폐부 깊숙이 스며드는 라일락 향기를 맡아가며 저녁 해가 꼬리를 감출 때까지 긴 이야기를 나누었다. 인간 사회의 약속과 믿음 그리고 사회와 세상을 바라보는 안목과 지혜 등에 관해 나의 학창 시절과 많지 않은 사회 경험을 곁들여 가며 흉허물없는 대화를 나누었고, 또한 그 대화 속에서 부쩍 커 버린 아이들의 생각과 마음을 읽을 수 있었다. 그날 이후 아이들은 내 마음속 깊은 곳으로 들어왔고, 그해 늦은 가을에는 아이들의 진솔한 삶의 흔적과 땀이 묻어 있는 두툼한 학교 문집을 만들었는데, 특히 편집위원으로 활동하며 자신감과 용기로 가득 찬 별님이의 모습을 보면서 무척 대견스러워했던 기억이 새롭기만 하다.

아이들과 함께 생활한 지 삼십 년이다. 어쩌면 교직 생활의 여러 면면을 알고 나면서부터 타성에 젖고 열정이 식을 나이인지도 모른다. 아니 가끔은 그런 생각이 드는 것을 나 자신 부정하고 싶지 않은 것이 또한 솔직한 심정이다. 아이들과 부대끼며 생활하다 보면, 아이들 대부분이 착하고 순진하며 또한 무한한 잠재 능력과 가능성을 갖고 있다는 것을 느낀다. 다만 각기 다른 가정환경과 사회 여건, 여기에 사춘기까지 찾아와 때로는 기성세대의 눈에 거슬리는 말과 행동을 일삼는 경우가 종종 있다. 그런 경우를 접하면서 나 자신 시행착오도 여러 번 겪었고 또 그때마다 '정말 아이들의 탓으로만 돌릴 수 있을까' '아이들을 너무 온실 속의 화초로만 키우는 것은 아닐까' '아이들에 대한 우리 기성세대들의 지나친 기대와 서열화가 그들에게 열패감을 느끼게 하고 심지어는 그들을 깊은 수렁으로 몰고 간 것은 아닌지' 반문한다.

아이들에게 있어 우리 기성세대들은 거울과도 같은 존재라는 생각이 든다. 아이들 입장에서 함께 호흡하고 함께 느끼며, 손을 맞잡고 어깨동무를 할 때만이 기성세대와 아이들 간에 가로 놓여 있는 세월의 장막, 사고 체계와 가치관의 괴리를 극복할 수 있으리라고 생각한다. 아직은 불완전하고 미숙한 아이들이지만 따뜻한 이해와 배려의 눈길로 관심을 둔다면, 아이들은 우리의 손길 안에서 한결 바르게 성숙해 갈 것이며, 또 그들이 꿈꾸는 세상의 열매도 알차고 튼실하게 영글어 가리라고 믿는다.

4월이면 봄꽃들이 시새워 피어나던 사곡의 산자락과 서정성 넘치는 분위기 속에서 순수함을 간직하며 학창 시절을 보낸 아이들. 많은 세월이 흘렀지만, 아직도 가슴 한켠에 사곡의 순수한 꿈들을 간직한 채 살아가고 있을 중년의 내 아이들을 그려본다. 마음이 평온해진다.

타성론(惰性論), 익숙함의 함정

　중국 고전인 시경(詩經)에 이런 구절이 있다. 여림심연(如臨深淵)이요 여리박빙(如履薄氷)이라. 하루하루 깊은 연못가를 걷듯 하고 얇은 얼음을 밟고 가듯 하라는 말이다. 자만을 경계하며 삶을 겸허하고 신중하게 살라는 의미이리라.

　교단에서 아이들과 함께 생활한 지 올해로 꼭 삼십 년이다. 돌이켜보면 희로애락(喜怒哀樂)의 연속이라 해도 과언이 아니다. 그만큼 교육의 중심을 잡아가는 길이 내게는 부침(浮沈)의 연속이요, 시행착오란 말이 낯설지 않을 만큼 어려운 일이다. 올바른 인격을 갖추고 사회의 중심에서 당당히 한몫의 재목으로 쓰일 인간을 육성하는 것이 무릇 교육의 정도임은 예나 지금이나 크게 다르지 않다. 그런데 요즈음의 교육 현장은 인간 삶 그 자체가 목적이어야 함에도 불구하고 여전히 무한경쟁의 법칙만이 존재하는 정글을 벗어나지 못하고 있다. 과정을 무시한 채 실적과 결과 중심의 교육을 강조하다 보니, 목적보다는 수단에 매몰된, 정신적 가치보다는 물욕에 눈먼 소유형 인간을 양산하는 암울한 현실임을 부인할 수가 없다.

전문적인 지식을 갖춘 학자든 교육의 한 축을 책임지고 있는 당사자든, 아니면 목소리가 높아진 교육 수요자든 모두들 교육에 대해서는 거의 전문가 수준이다. 저마다 문제의 심각성을 우려하며 그 현상을 진단하고 나름의 처방을 내린다. 가깝게는 교육 내용과 방법의 부적절함을 비롯하여 근본적으로는 불합리한 구조적 시스템이 교육의 합목적성을 가로막는 주된 원인이라는 분석을 내놓고 있다. 다들 일리가 있는 지적이다. 그런데 교실에서 아이들과 씨름하며 피부로 느끼고 나름의 대안을 고민하는 현직 교사의 입장은 조금 다르다. 바로 교육의 주체 중 하나인 우리 교사들에게서 그 문제의 원인과 해법을 찾고 싶다. 교사 스스로가 교육적 가치를 고민하며 해법을 제시해야 하지 않을까 생각한다.

　사십 년이 훨씬 넘은 초등학교 6학년 과학 시간의 일이다. 키는 작지만 카랑카랑한 목소리가 대변하듯 교육적 철학이 분명하셨던 담임 선생님은 관성(慣性)의 법칙을 가르치셨다. 그때 자연과 인문의 울타리를 넘나들며 인간의 본성에 내재해 있는 타성(惰性)의 문제점을 경계하셨다. 하루 그 이상의 너머를 바라보는 안목이 전혀 없었던 시골뜨기들의 가슴에 어렴풋한 미증유의 살아 움직이는 가르침을 주셨다. 경계 너머를 바라볼 줄 아는 삶의 철학을 일깨워 주고자 애를 쓰셨던 것이다.

투명한 유리잔 위에 마분지를 얹고 그 위에 작은 지우개를 올려놓은 후, 종이를 빠르게 당기면 지우개가 어떻게 될지를 아이들에게 물으셨다. 움직이는 종이를 따라 지우개는 당연히 유리잔 밖으로 떨어질 거라 생각한 시골뜨기에게 선생님은 신선한 충격을 선물해 주셨다. 정지 상태이거나 움직이고 있는 물체는 외부의 힘이나 변화에도 원래의 상태를 유지하려는 성질이 있다는 물리 법칙만을 설명하는 데 그치지 않으셨다. 인간에게도 관성의 법칙이 적용될 수 있음을 언급하셨다. 그러곤 스스로 관성의 주인이 되는 것을 거부해야 한다며 어린 가슴에 삶의 가치와 방법에 대한 고민을 던져주셨다. 인간이 어떤 목적과 상황에 익숙해질수록 그 상태에 안주해서는 안 된다는 가르침을 말이다.

오래 지나지 않아 시골뜨기는 그것이 바로 익숙함이 주는 나태(懶怠), 곧 타성이란 것을 알았다. 인간은 일단 자신에게 주어진 상황 문제를 해결하고 점차 익숙해지면 더 이상 할 것이 없다며 정체 상태에 머물게 된다. 또한 그것이 전부이고 자신이 최고라고 생각하기 쉽다. 그런데 선생님은 그런 상황일수록 자신이 쳐놓은 울타리를 무너뜨리지 않으면 결국 타성에 빠진다는 것과 그렇기에 인간은 나침반처럼 끊임없이 꿈틀대고 변화해야 한다는 사실을 어린 가슴에 깊이 각인시켜 주셨다.

삼십 대 중반, 인문계 고등학교에서 처음으로 3학년 담임을 맡아 가르치면서 하루하루 설렘과 긴장과 초조의 연속이었다. 무한한 가능태인 한 인생의 미래 설계를 돕는, 가보지 않은 길을 동행하며 나 자신 샛길로 빠지거나 실패하지 않기 위해 무진 애를 썼다. 늦은 밤까지 아이의 고민을 듣고 또 선배 교사들의 조언과 노하우를 체계적으로 정리하기도 하고 깨알 같은 대입 장판지를 뚫어져라 분석하며 내 나름의 경계를 넓혀 나갔다. 그러한 일상의 반복 속에서 수없이 시행착오를 겪으며 대입과 교육에 대한 노하우를 조금씩 터득해 나갔다. 나름의 교육프로그램을 적용하여 인지한 교육적 안목으로 울타리를 만들고 영토를 구축할 수 있었다. 그 결과 오래전의 나를 닮은 후배 교사들에게 조언을 해주기도 하며 나름대로 대입과 교육의 성과를 차근차근 축적할 수 있었다.

그런데 어느 시점부터 스스로의 도그마에 빠져 경계를 넘어서려는 노력과 시도를 하지 않은 채, 자신의 낡은 지식과 정보를 최고라 여기는 착각에 빠지고 말았다. 익숙함이 주는 달콤함과 편안함이 내 안에 꿈쩍도 하지 않는 독선의 성채로 자리매김한 것이다. 아이들의 눈높이가 달라지고 세상은 시시각각으로 변화하며 새로운 가치와 정신을 요구하는데도 녹슨 몸과 고인 마음은 정체와 안일을 반복하고 있었다. 한 마디로 타성의 수렁 속으로 깊이 빠져버린 것이다. 깊이를 알 수 없는 푸른 물과 살얼음의 일상을 조심스레 건너며 늘 긴장과 변화의 발걸음을 옮겨야 한다는 것을 망각한 채 말이다.

올해도 고3을 맡아 마무리에 한창이다. 그런데 일 년을 돌아보면 결과에 상관없이 근시안적 행보와 안일로 점철된 허술했던 과정이 무척 후회스럽다. 새로운 아이들임에도 눈높이를 맞추지 못한 채 과거의 경험에만 의지해 기존의 잣대로 쉽게 재단해 버리기 일쑤였다. 바쁜 업무를 핑계로 아이들과의 상담을 게을리한 나머지 내 삶의 존재 이유이자 소중한 선물인 아이들과 제대로 소통하지 못하는 우를 범하고 말았다. 한 해의 막바지인 요즘, 잠자리에 누우면 종종 어린 시절 선생님의 카랑카랑한 울림이 준열한 채찍이 되어 가슴을 찌르곤 한다. 교육과 입시에 대한 어설프고 알량한 노하우를 최고로 여기며 자만에 빠진 내 자신의 초라한 모습이 후배 교사들과 제자들 앞에서 한없이 부끄럽다. 경계 너머로 나아가지 못한 채 유리잔 속에 갇힌 지우개가 돼버렸다. 익숙함의 깊은 함정에 빠져 허우적대는 시골뜨기의 실루엣이 눈앞에 아른거린다.

잃어버린 초심이 사뭇 그리워 빈 가슴만 움켜쥔 채 허허로워지는 12월, 답답한 마음을 달래려 길을 나서는데 귓불을 스치는 바람이 차디차다. 어디로 가야 하나? 무채색의 겨울 세상이 정처 잃은 발길마저 가로막는다.

선물론(膳物論)

선물을 받았다. 몸과 마음이 따스해지는 스웨터와 깨알 같은 글씨로 적어 내려간 편지. 마음의 부담이 없지는 않지만, 그래도 선물에 담긴 오롯한 마음과 의미만 따진다면 선물이 사람 사이의 관계를 가늠하는 중요한 척도 중의 하나라고 할 수 있다. 생일이든 졸업이든 특별한 사안에 맞게, 주는 사람의 고마운 마음과 받는 사람의 수고로움을 담아내기에 그만한 것이 없다. 감사의 마음이 담겨 있기에 그 의미가 자못 크다. 물론 순수함이 결여된 불순한 선물이 뇌물이 되어, 받는 사람을 부담스럽게 하거나 난처하게 하는 경우도 있기는 하다. 어쨌든 선물이 사람 사이의 유대관계나 정을 표하는 좋은 방법의 하나임은 틀림없다.

지금껏 많은 선물을 주고받았지만 기억에 남는 경우가 그리 많지는 않다. 중학교 2학년 때 담임 선생님의 추천으로 장학금이란 걸 처음 받았다. 형편이 어려웠고 농사짓는 부모님을 생각하면 꽤 많은 액수라 큰 도움이 되었다. 지금이야 각종 장학금이 넘쳐날 만큼 많아 그 가치가 덜해진 면이 없지 않다. 그러나 그 당시만 해도 장학금을 받는다는 건 그리 쉽지 않은 일이었고 그

가치 또한 크게 인정받는 상황이었다. 감사의 표시를 하고 싶었지만, 시골이라 특별한 게 없었는데 때마침 엄마가 감자를 캤고 텃밭에서는 옥수수수염이 말라가고 있었다. 비료 포대에 감자를 절반쯤 담고 그 위에 옥수수를 10여 개 얹어 등굣길 자전거에 싣고 가 선생님께 드리며 고마움을 대신했다.

선생님께서는 무척 좋아하시며 교무실에서 다른 선생님들께 자랑스럽게 말씀하시며 뿌듯해하셨다. 게다가 같은 교무실에서 담임 선생님의 자랑을 듣고 계시던 성함도 모르는 젊은 수학 선생님께서 내 까까머리를 쓰다듬으시며 그 유명한 《수학 정석》책을 내 가슴에 안겨주셨다. 그런데 그것이 의욕도 별로 없고 성적도 시원찮던 수학 공부에 관심을 갖는 계기가 되었다. 선생님께서 《수학 정석》책에 담아 내 가슴에 안겨주신 따스한 마음을 보듬으며 그 선생님처럼 교단에 설 수 있었다. 선생님의 배려와 은혜에 값하는 감자와 옥수수 그리고 선생님이 내게 주신 격려의 선물이 내 인생을 결정짓는 터닝포인트가 된 셈이다.

돌이켜보면 30년째 교단에 서면서 과분하게도 많은 선물을 받았다. 장미 한 송이에서부터 아카시아 꿀단지 그리고 종이학 천 마리에 이르기까지 다양한 아이들의 마음을 선물로 받았다. 그런데 직업이 그래서 그런가, 아니면 생각이 좁은 탓인가, 받기만 많이 받았지, 준 기억이 별로 없다. 부끄러운 일이다. 받는 데 익숙해지다 보니 베푸는 일에 인색했다는 걸 이제야 깨닫는다. 선생님의 따스한 마음이 까까머리 중학생의 인생을 결정한 것처럼, 선물은 비록 작은 정성이지만, 받는 입장에서는 절대적 가치와 의미를 부여하는 경우가 종종 있다. 고마움을 순수한 마음에 담아 전하는 순기능에서 선물의 의미와 가치를 찾으면 좋지 않을까 싶다. 그 마음을 전하는 데 눈치를 봐야 하는 상황이라면 분명 뭔가 잘못됐다는 생각을 지울 수 없다. 선물의 가치를 기능적이고 물질적인 측면에서 따지지 말고 주는 이의 따스한 마음을 받아들인다면, 선물 본연의 의미가 제대로 살아나리라 생각한다.

겨울이 오기 전에, 한 해가 가기 전에, 아이들이 내 곁을 떠나기 전에 내게 과분한 사랑을 전해 준 고마운 사람들에게 정성스러운 마음을 담아 보내야겠다. 아침저녁으로 삽상한 날씨가 이어지는 계절이다. 내게 잘 어울리는 스타일과 색상 그리고 내가 좋아하는 디자인의 스웨터를 꺼내 입고는 내 삶의 선물 그 자체인 아이들을 만나야겠다. 선생님을 생각하며 스웨터를 골랐을 그 아이의 따스한 마음에 다시금 고마움을 느낀다. 쌀쌀한 기온에 어깨가 움츠러드는 계절이지만, 그러나 마음은 한결 훈훈해지는 초겨울 아침이다.

선생님의 어제 모습은
정말 정말 아니었습니다!

두 사람이 사막을 걸어가고 있었다. 그런데 오랜 여행에 지친 나머지 아주 사소한 일로 시비가 붙었고, 급기야는 힘이 센 사람이 동료의 뺨을 세게 때렸다. 생각지도 않게 상대로부터 뺨세례를 받아 당황해하던 힘이 약한 사람이 '친구가 나의 뺨을 때렸다'라고 사막의 모래 위에다 썼다. 그리고 또 둘이 고통을 참아가며 힘겹게 한참을 걷다가 오아시스를 만났다. 그런데 뺨을 맞았던 친구가 무더위에 지친 몸을 이끌고 연못에 들어가 수영을 하다가 그만 익사 직전에 이르렀다. 그러자 이번에는 힘이 센 사람이 연못 속으로 뛰어들어 허우적거리는 동료를 구해주었다. 겨우 목숨을 건진 그 사내는 이번에는 오아시스 옆 바위에다 '나의 친구가 내 생명을 구해주었다'라고 새겨 적었다. 좋은 일은 오래오래 기억하며 가슴에 간직하고, 그렇지 않은 기억은 바람이 불면 깨끗이 지워져 버리는 모래 위의 글씨처럼 쉬이 잊으라는 뜻이리라.

학생들과 생활하다 보면 종종, 교사와 학생 간에 갈등과 대립을 보이는 경우를 보게 된다. 사제지간(師弟之間)도 다 똑같은 인간관계임에는 틀림이 없다. 아무리 교육자와 피교육자의 관계라 하더라도 왜 감정이 생기지 않고, 왜 갈등과 대립이 없겠는가?

얼마 전 반 아이가 수행평가를 치르다 답안지를 돌렸다는 오해를 받아 부정행위 장본인으로 몰린 적이 있다. 담당 선생님에게 불려 가 추궁을 받던 당시의 상황과 그 아이의 심정을 헤아려 보았다. 부정행위를 하지 않았기에, 터무니없는 추궁에 너무나 황당하고 억울한 나머지 선생님에게 감정을 주체하지 못하고 흥분해서 다소 눈에 거슬리는 언행을 했나 보다. 아이는 아이대로 억울하고 또 선생님은 선생님대로 아이의 무례함에 기분이 상한 상태였다. 아이의 담임인 나로서는 실로 난감한 상황이 아닐 수 없었다. 너무나 억울해 수업도 듣는 둥 마는 둥 책상 위에 엎드려 우는 그 아이를 무심히 바라보면서 많은 생각을 하게 되었다.

가르치고 배운다는 것은 어떠해야 하는가? 우리는 진정 아이를 제대로 가르치고 바르게 인도하고 있는 것인가? 우리는 때로 교사라는 권위에 가르침이란 명분을 들먹이며 아이들의 가슴에 씻을 수 없는 상처를 던지는 우를 범하지는 않는가? 무심히 던진 한마디 말과 날카로운 시선에 괴로워하고 아파하는 우리 아이들의 모습을 생각해 본다. 가슴이 저려온다.

교편을 잡은 지 한참이 지났지만, 나의 지난 시절을 돌이켜

보면 가르치는 자로서 부끄러웠던 기억이 여러 번 있었다. 아이들의 잘못을 깊은 이해와 배려로 감싸 안지 못하고 훈계와 매로 다스리려 했던 일들, 작은 실수임에도 불구하고 친구들이 보는 앞에서 선생님에게 꾸중과 핀잔을 들어야 했던 내 아이들. 그 아이들의 모습이 사라지지 않는 기억으로 남아, 흐린 날의 신경통처럼 아프게 나를 찔러댈 때가 있다. 인격 살인! 교단에 선 교사들이 자신도 모르게 아이들에게 저지를 수 있는 시행착오 중의 하나다. 인간은 추억을 먹고 사는 존재라고 했다. 돌이켜보면, 순수하고 때 묻지 않은 아이들과 생활하는 교사이기에 더욱 그렇다는 생각이 든다. 나의 교단생활을 장식하는 것은 내가 아니라 아이들이다. 무심결에 아이들을 상대로 저지른 나의 실수가 끝내는 화살이 되어 내 가슴을 아프게 찌를 줄은 미처 몰랐다.

교사 초년 시절, 여느 동료들과 마찬가지로 나 또한 혈기가 왕성하고 의욕이 넘쳤었다. 군 제대 후, 예산의 한 중학교에 복직 발령을 받은 이듬해 2학년 남자 반을 맡았다. 담임으로서 처음 맡아보는 내 아이들이라 얼마나 귀엽고 사랑스러웠겠는가? 아이들과 방과 후에 교정에서 해 지는 줄 모르고 축구도 하고 야구도 하고, 단합대회를 하며 비빔밥도 만들어 먹고 영화도 보곤 했다. 산자락 계곡에서 아이들과 함께 전라의 육체미를 뽐내며 수영도 하고 삼겹살 파티를 하던 기억은 아직도 눈앞에 생생하다.

현성이란 아이가 있었다. 현성이는 행상을 하는 홀어미 밑에서 자라는 아이였다. 바쁘고, 어렵게 사는 엄마이기에 제대로 관심과 사랑도 받지 못했고, 찬밥처럼 홀로 남겨진 시간이 많은 아이였다. 더구나 초등학교 때부터 학교에서 육상을 했기에 교실생활에 익숙하지도 못했다. 중학교 1학년 말에 운동을 하다가 허리를 다쳐 결국 운동을 포기할 수밖에 없었는데, 그때부터 공부만 강요하는 학교생활이 즐거울 리 없었다. 꽃 피는 사월이 되면서부터 서서히 일탈행위를 저지르기 시작했다.

학교 인근으로 소풍 온 이웃 학교 학생들을 인근 초등학교 뒤로 끌고 가 폭력을 가하고 금품을 갈취하는 참으로 어처구니없는 비행을 저지르고 말았다. 그런데 그것은 비행의 신호탄일 뿐이었다. 그 후로도 동급생 폭행, 후배 금품 갈취, 가출 등 여러 가지 비행을 일삼으며 담임의 사랑(?)을 독차지하기 시작했다. 여러 번 정학도 당했는데, 그때마다 나는 타이르고 얼러대면서 교사로서 인내심과 책임감으로 잘 버텨가고 있었다. 그러나 길가에 세워둔 남의 오토바이를 타고 달아나는 사건에 이르러서는 그동안 잘 참았던 나의 인내가 모래성처럼 허물어지고 말았다.

반 아이들이 보는 앞에서 아이를 엎어트려 놓고, 회초리로 아이의 엉덩이를 사정없이 때렸다. 지금 생각해 보면 그때의 나는 제정신이 아니었던 것 같다. 나의 바짓가랑이를 붙잡으며 용서를 비는 현성이의 눈물을 외면한 채, 나의 오기는 마지막까지 멈출 줄 몰랐다. 반 아이들은 담임의 그런 모습에 찬물을 끼얹은 듯 주눅이 들었고, 고통스러워하는 친구를 보면서 두려움과 안타까움의 탄식을 숨죽여 내뱉곤 했다. 나의 일장 훈계를 끝으로 반 아이들이 하교한 뒤, 몸과 마음에 상처를 입은 현성이를 붙들고 그 잘난 인생 타령을 들먹거리며 중뿔나게 삶의 정도를 늘어놓기 시작했다.

한참의 시간이 흐른 뒤, 벌겋게 부어오르고 피멍이 든 엉덩이에 연고를 발라주고, 읍내 허름한 식당에 가서 함께 저녁을 먹으며 아이의 멍울진 마음을 풀어주려고, 아니 정확히 말하자면 나 자신의 행위를 합리화하기 위해 무진 애를 썼다. 한참을 울다가 끝내 웃음을 터트리는 아이의 모습에서 무너져 내리는 내 자신을 느꼈다. '병 주고 약 주고'란 말이 바로 그런 경우에 해당하는 말임이 틀림없었다.

그런데, 다음 날 아침 출근을 했더니 책상 위에 편지 한 장이 놓여 있었다. 으레 여학생이 보낸 편지려니 했는데 수업을 마치고 내려와 겉봉을 뜯었더니 의외로 우리 반 진성이가 쓴 편지였다. 공부도 잘하고 마음씨도 착하고 무척 성실한 학생이었다. 편지의 전반부는 친구 같고 형 같은 선생님의 모습, 자기들과 눈높이를 맞추려 노력하는 담임에 대한 찬사 일색이었다. 그런데 편지의 마지막 부분에 이르러서야 나의 알량한 권위는 처참하게 무너졌고, 날카로운 문구가 나의 마음을 비수처럼 마구 찔러댔다.

"……그런데 선생님의 어제 모습은 정말 아니었습니다. 어제 현성이를 대하는 선생님은 정말 무서웠습니다. 선생님의 모습은 정말 정말 아니었습니다……."

순간 가슴이 턱 막히면서 끝도 모르게 무너져 내리는 아득한 추락에 답답함과 막막함을 주체하기 힘들었다. 사정 없이 매질을 하던 나의 모습이 진성이를 무척이나 놀라게 했고, 그 충격을 깨알 같은 글씨로 토해내 고스란히 내 가슴에 하나하나 전해 주고 있었다. 아니, 혼란스러운 상태에서 정체성을 찾지 못하고 방황하던 나의 가슴을 조용히 가라앉히며 일깨우고 있었다. 그날의 편지는, 이후 내가 아이들의 입장을 십분 이해하고 긍정적으로 바라보는 방향타 역할을 하는 계기가 되었다.

그해 가을 체육대회 때, 우리 반이 학교 전체에서 당당히 종합우승을 했는데, 그 중심에는 운동장을 펄펄 날며 1인 3역을 소화해 내는 현성이가 있었다. 얼마나 다행스럽고 기쁜 일인가? 물론 그 이후 현성이는 정신을 차렸고 무사히 2학년을 마쳤다. 그리고 다행스럽게도 3학년 때에도 내가 담임을 맡게 되어 1년을 별 탈 없이 지내며 이웃 고등학교로 진학했다. 지금은 두 아이의 아빠가 되어 창원에 있는 작은 회사에서 산업 역군으로 열심히 살아가며 가끔 소식을 전해오고 있다.

지금 생각해 보면, 그때 내 자신 아이들에 대한 기대와 바람이 너무 컸고, 의욕이 지나쳤지 않았나 하는 생각이 든다. 왜냐하면 나는 아이들과의 생활을 즐기면서도 진정 아이들의 빈틈과 공허한 마음을 들여다보고 메워줄 줄 아는 마음의 여유가 부족했다. 과유불급(過猶不及)이란 말처럼, 나의 열정만큼 아이들이 잘 따라주기만을 바랐는데 그게 지나친 욕심이었고 오판이었다.

불치하문(不恥下問)이라고 했다. 돌이켜보면, 의욕이 넘쳐 흔히 감정이 앞설 수 있는 게 교직 생활이다. 내가 걸어온 길 위에 '시행착오(施行錯誤)'라는 단어들이 낯설지가 않다. 그래도 '내 삶의 중심에는 아이들이 있다'라는 마음으로 초심을 잃지 않고 흔들리는 발걸음을 똑바로 내디디려 노력하며 버텨가고 있다. 진성이와 현성이는 지금쯤 분명 자기 능력 이상의 역할로 남들에게 도움을 주며 살아가고 있으리라 확신한다. 다소 흔들릴 수 있는 나의 교육관을 정립하는 데 확실한 일침을 던져준 고마운 아이들이다. 내 마음의 바위에 평생 지워지지 않는 가르침을 새겨준 속 깊은 진성이가 정말 고맙다. 담임의 시선을 회피하지 않고 살갑게 대해준 현성이는 더욱 그립다.

교사와 학생은 동등한 관계일 수 없다. 교사는 성인이면서 인격자이어야 하고, 학생들은 인격자가 되기 위해 노력하고 수행하는 과정에 있는 미성년이다. 그렇지만 아직은 순수하고 티 없이 맑기에 내일이 기대되는 존재들이다. 교사와 학생 관계에서 상호 간 완벽한 만족을 요구할 수는 없다. 미성숙한 존재이기에 아이들은 실수도 하고 잘못도 한다. 그래서 살냄새 물씬 풍기는 인간이다. 투덜거리는 말투에, 때로는 독기 어린 표정도 짓는다. 그래서 흔히들 '버릇없는 요즘 아이들'이라고 하지 않는가? 그런데 돌아서서는 자기 잘못을 깨닫고 금방 후회한다. 이내 환히 웃으며 용서를 구한다. 때가 묻지 않아서 예쁘다. 작은 일에 화를 내던 담임을 오히려 무안하게 만든다. 이제 아이들은 내 삶의 또 다른 스승이다. 시인 워즈워스도 말하지 않았는가. '어린이는 어른의 아버지'라고…….

요즘 들어 아이들 앞에 서면 괜스레 긴장되고 점점 더 자신이 없어지는 나를 발견한다. 그때마다 저절로 고개가 숙여지곤 한다. 그런 나에게 아이들이 오히려 밝은 미소로 용기를 북돋워 준다. 미래에 대한 불안감과 고뇌로 복잡한 아이들이기에 예민할 수밖에 없다. 대입과 사회라는 커다란 광풍에 마주 선 아이들이 두려움과 초조함을 느끼는 것은 어쩌면 당연한 일이다. 그러면서도 아이들은 한여름의 햇살과 목마름을 견디며 알차게 열매 맺을 내일을 꿈꾼다. 아이들 곁에 서면 내 키가 작아진다. 아이들이 나보다 더 커 보이기 때문이다. 그렇게 커가는 내 아이들을 바라보면서 박수 치며 응원한다. 때로는 안타까운 시선으로 바라보기도 하지만, 또 그만큼의 용기와 격려로 아이들에게 자신감을 채워주는 존재가 바로 가르치는 자의 역할이고 위상이라 생각한다.

　나로 인해 상처받고 괴로워했던 어린 제자들에게 용서를 빈다. 두 손 모아 기도하며 고해성사를 드리고 싶은 마음이다. 숙였던 고개 들면 뜨거운 햇살에 더욱 푸르러져 가는 여름 산들이 의연한 자태로 성큼 다가온다. 그 위에서 해맑은 미소로 화답하는 내 삶 속의 아이들이 희망으로 넘실거리는 유월이다. 오늘도 나는 내 아이들의 희망을 튼실히 부화시키는 데 한몫해야겠다는 마음으로 조심스럽게 교실 문을 연다.

나의 명경(明鏡)이 되어준 제자, 기남이

그의 얼굴에는 평온함이 드리워져 있다. 세상 모두를 담을 것 같은 커다랗고 검은 눈망울은 한없이 맑기만 하다. 비교적 큰 키에 적절히 살이 붙은 KS 품이다. 전체적인 이미지는 내가 좋아하는 영화 〈파이란〉의 성격파 배우 최민식을 빼닮았다. 반 아이들 모두 이에 이의를 제기하지 않을 만큼 정말 생김생김이 비슷하다. 물론 잘생긴 미남이란 뜻임은 두말할 필요가 없다.

카센터를 운영하시는 아버지의 사업을 이어받겠다는 소박한 꿈을 갖고 있는 그는 남을 위한 배려에도 서슴지 않는다. 북한동포 돕기, 수재민 돕기, 그리고 기흉으로 쓰러진 선배 돕기 등 친구들의 아픔에도 기꺼이 자기 일인 양 함께한다. 생각이 푸릇푸릇하고 맑다. 그의 마음 씀씀이를 생각하면, 수학여행 때 함께 오른 제주도 성산포의 푸른 바다가 떠오른다. 그는 그 푸른 바다를 닮았다. 그래서 상큼하고 신선하다.

인간이 가질 수 있는 오복 중의 하나가 덕복(德福)인데, 그는 모르긴 해도 오복 중의 이것 하나만큼은 확실하게 갖고 태어난 듯하다. 2차 모의고사 때에는 무려 50점 이상의 성적을 올려 나를 기쁘게 한 주인공이다. 아마 지칠 줄 모르는 그의 성실성이 학습 면에서도 서서히 빛을 발하는 것이 아닌가 싶다. 농구를 유난히 좋아하고, 학교생활에서는 학급의 궂은일을 도맡아 하는 그를 나는 잊지 못할 것이다. 교직 생활을 통해 만나는 제자들 가운데 기억 속에 오래 남을 스타일이다.

지난달, 담임인 내가 야구를 하다가 발목을 다쳐 한 달 이상 목발을 짚고 다녔는데, 불편하기 그지없었다. 그런데 기남이가 여름 보충수업 내내 내 가방을 들어주거나 계단을 오르거나 화장실을 갈 때 부축하며 도와주었다. 내 곁을 그림자처럼 지키며 나의 왼발을 자처해 큰 힘으로 도와주었다. 자동차 정비를 배워 남부럽지 않은 기술자가 되는 것이 그의 꿈이다. "선생님 차는 제 손으로 완전무결하게 정비해 드리겠습니다"라고 쑥스러워하며 미소 짓는 그를 보면 마음이 새털처럼 가벼워지고 즐겁다.

학생으로서 좋은 스승을 만나는 것도 행운이지만, 교사로서 자신의 명경(明鏡)이 될 수 있는 좋은 제자를 만나는 일은 더 큰 행복이 아니겠는가? 기남이는 내 교직 생활의 확실한 멘티(mentee)이자, 나에게 인간 삶의 가치를 일깨워 주는 멘토(mentor) 중의 하나이다. 교사로서의 존재 의미를 분명하게 인식시켜 주는 고마운 친구다. 학교 축제 냉면 장사 때 설거지하던 팔뚝을 걷고 헌혈차에 오르던, 형광등 불빛 아래에서 눈을 비비며 공부에 빠져드는 장면은 흔히 볼 수 있는 그의 모습이다.

말없이 웃으며 주어진 일을 묵묵히 실천할 줄 아는, 이웃을 돌아볼 줄 아는, 허허허 웃으며 남의 말을 귀담아들을 줄 아는 넉넉한 마음을 지닌 그이기에 난 오늘도 가볍고 즐거운 발걸음으로 교실을 향한다.

내가 떠나보낸 아이

한 아이가 떠났다. 마음이 착잡하다. 빈자리를 무엇으로 채워야 할지 모르겠다. 8월의 폭염 아래 정신마저 흐느적거린다. 사제지간의 만남은 1만 겁의 시간 속에서 맺어지는 인연이라는데 예상치도 못한 시기에 너무 빨리 떠나버렸다. 사실 6월 중순에 어머니가 학교를 방문해 기대치에 못 미치는 학과 성적이 걱정된다며 상담할 때만 해도 자퇴를 할 거라고는 예상하지 못했다.

입학할 때부터 자기 관리에 철저했고 빈틈없이 학교생활에 성실한 아이였다. 예의도 바르고 무엇보다도 적극적인 생활 스타일이 믿음직스러웠고, 긍정적인 가치관에서 희망을 느낄 수 있었다. 학기 초, 상담할 때의 모습이 눈앞에 아른거린다. 단정한 헤어스타일에 맑은 눈망울을 굴리며 의사의 꿈을 이루었으면 좋겠다던 아이, 지금까지 살아온 자신의 세계를 가감 없이 활짝 열어 보이던 그 해맑은 미소를 잊을 수가 없다.

그런데 학업도 생활도 많이 힘겨웠나 보다. 중학교라는 제도권 과정을 홈스쿨링으로 대신하여 이수하며 비교적 우수한 성적으로 고등학교에 들어온 아이. 대입을 위한 성적과 장래 진로와의 상관성을 생각할 때, 감당해야 할 현실이 생각만큼 녹록지 않았나 보다. 더구나 중학교 과정을 거치지 않았기에 공동의 학급 생활도 익숙하지 않았을 것이고, 무엇보다도 다소 낯선 분위기의 학습 과정에 적응하기가 쉽지 않았으리라 생각해 본다. 두 번째 상담을 할 때, 야간자습의 어려움을 눈물로 대신하던 아이. 지금 생각하니 참 많이도 힘겨워했다는 것을 짐작할 수 있다. 그때 좀 더 따뜻하게 어루만져 주고 힘과 용기를 주었으면 어땠을까 생각하니 무척이나 후회스럽다.

방학을 전후해 조정 기간 동안 학년부장이나 상담교사랑 상담을 하면서 내심 마음을 돌리기를 고대했지만 내 욕심일 뿐이었다. 나를 비롯한 모든 선생님들이 무척 안타까워하였기에 더 마음이 착잡했다. 방학 보충수업을 끝내고 며칠 후, 바로 자퇴 결재가 나면서부터 내가 받은 내상을 감당하기가 어려웠다. 아이에게 자퇴 확정을 알리자, 선생님께 죄송하고 선생님 마음만 아프게 했다며 무척 미안해하는 아이를 보니 마음이 더욱 무겁고 착잡했다.

교직 생활을 하며 많은 아이들과 인연을 맺으며 꿈결 같은 희로애락의 나날들을 보냈다. 아이들 하나하나가 내 가슴에 예쁜 꽃으로 아로새겨져 있다. 그런데 그중에 담임 맡은 반 아이를 떠나보낸 것이 이번이 세 번째다. 덕산에서의 새내기 교사 시절,

공부보다는 자동차 정비기술을 배우고 싶어서 떠난 민식이, 담배 피우고 잦은 가출로 엄마를 힘들게 하고 담임의 사랑을 독차지하던 인아는 불의의 교통사고로 아예 세상을 등졌다. 불에 덴 화인처럼 평생 잊지 못할 아이들이다. 조금 더 사랑을 주었더라면 꽃으로 피어나 튼실하게 열매 맺을 아이들이었는데…….

품 안에 자식이라고 했다. 담임인 내게 너무 죄송하다며 자주 연락드리겠다고 거듭 말하지만 내 부족한 사랑 탓에 어쩔 수 없이 떠나보내야만 하는 아픈 마음을 달래기가 쉽지 않다. 초등학교 이후 처음으로 해보는 공동생활이라 적응하는 데 여러 가지 힘겨운 점이 많았을 것이다. 조금만 더 관심을 가졌더라면, 아픈 마음의 갈등을 따뜻이 쓰다듬어 주었더라면 내 곁을 떠나지 않았을지 모른다고 생각하니 가슴속을 흐르는 눈물이 더 쓰리고 아프다.

누구보다도 책을 좋아하여 또래의 아이들보다 독서량이 풍부하고 글쓰기를 좋아하던 아이. 나랑 상담할 때, 의사가 되고 싶은데 선생님이 읽어주시는 글을 보면 작가도 되고 싶다기에, 환자를 의술뿐 아니라 감성적인 글로 치유하는 가슴 따스한 인술을 갖춘 의사 선생님이 되라는 내 말에 까르르 웃던 모습이 아직도 눈앞에 선하다. 더구나 수학여행을 다녀온 후, 체험 보고서와 사진 전시회를 준비하던 담임을 위해, 휴일을 반납한 채 세련된 디자인 감각으로 예쁘게 꾸미고 장식하면서 도와주던 모습도 잊을 수가 없다.

　아이가 자신의 꿈을 성취하느냐의 여부보다도 중요한 것은 언제 어디서든 흔들림 없이 자신의 세계를 만들어 나가는 자세이다. 내심 자퇴를 결정한 이후에도 수행평가 시 마지막까지 최선을 다하던 아이. 자신이 맡은 계단 청소를 깔끔히 하던 모습. 주말이면 학습센터에서 어려운 가정의 아이들을 위해 꾸준히 학습 도우미로 봉사하던 예쁜 마음으로 살아갔으면 좋겠다. 그리고 비록 천안여고에서의 삶이 본인의 뜻처럼 순조롭지는 않았지만, 새로운 환경에서 더 큰 노력으로 긍정적인 결과를 얻기를 바란다.

　이른 아침부터 늦은 밤까지 고생하는 담임 샘의 피로에는 비타민이 최고라며, 깨알 같은 글씨의 편지와 함께 힘을 주던 아이, 예쁜 제자와 마지막까지 함께하지 못한 진한 아쉬움이 오래도록 가시지 않을 것이다. 그래도 나는 믿는다. 내가 받은 마음의 상처보다 더 큰 용기와 의지로 열심히 공부하고 노력하여 자신이 원하는 삶을 수놓아 가리라는 것을. 그리하여 우리 사회의, 우리 세상의 비타민 같은 사람이 되리라 믿기에 기도하고 또 응원한다.

　'든 자리보다 난 자리'라는 말처럼 떠나보낸 아이의 빈자리만큼이나 가슴이 휑하니 비었다. 그러나 어쩌겠는가. 만남은 이별을 전제로 한다는 어느 시인의 말로 위안 삼을 수밖에. 빈 가슴

채울 길 없어 밤마다 한잔 술로 달래보는 요즘이다. 떠나보낸 아이의 연착륙과 힘찬 날갯짓을 간절히 바라며….

내 삶의 복덩이들

　가을이다. 휴일 오후 학교에 들러 밀린 일 좀 하고 교외로 차를 몰았다. 현충사 가는 길, 소도시를 감아 도는 곡교천 강물이 푸르다. 잠시 차에서 내려 흐르는 강물에 시선을 던져준다. 저 혼자 깊어 가는 강물이 요동치며 미소 짓는다. 깊은 강물은 소리 없이 흐른다는 말이 맞는 거 같다. 우리네 인생도 그러하다는데 나도 저 깊은 강물처럼 흘렀으면 좋겠다. 강물을 따라 흐르는 인생. 저 깊은 강물을 가슴으로 느끼며 살고 싶다.

　바람의 손짓에 은행잎들이 흠칫 놀라 떨어진다. 강물 위로 나뭇잎이 일렁거린다. 문득, 나뭇잎의 제 색깔은 무엇일까 생각해 본다. 여름내 푸르던 잎새가 세상의 변화를 주도하는 시간. 생물학적 이야기를 거론하지 않더라도 왠지 초록이 나뭇잎의 본색은 아닌 거 같다. 요즈음의 빛깔이 제 색일 거라는 생각이 든다. 세상사에 흐린 눈들 맑게 씻어주는 빨간 단풍잎, 거리로 쏟아져 내리는 은행잎의 황금 세례, 가을 산에서 들리는 갈잎의 숨소리가 왠지 그런 느낌에 힘을 보탠다.

　연인의 눈빛 같은 일요일 저녁! 참 맑은 강물을 가슴에 담아

가지고 왔다. 그리고 성당에서 미사를 드리며 두 손 모아 기도한다. 하루의 평안함에 감사드리고 늘 바쁜 일상이지만, 가끔은 제자리를 돌아보며 삶의 여유와 기다림에 익숙할 줄 아는 사람이 될 수 있게 해달라고. 그리고 내 아이들을 위해 다시 눈을 감고 두 손을 모은다. 긴 기도가 강물처럼 흐른다.

　서른여덟! 눈 뜨는 아침이면 꼭 기다려지는 사람들. 교과서를 통하지 않고서라도 만남과 눈빛 그 자체만으로도 따뜻하고 포근한 사람들이다. 열여덟 살! 어린 순수의 그늘에서 벗어나 햇살 따가운 삶의 벌판에서 홀로서기를 준비하는 시간. 오늘도 아이들은 무수한 인연의 실타래 속에서 삶의 해답을 찾느라 참 바쁘게 산다. 햇살 가득한 교정, 웃음이 넘치는 교실. 함께 공부하고 재잘거리며 그리움을 키워나가는 사랑스러운 제자들. 내 삶이 존재할 수 있는 버팀목들이다. 흰 구름 뒤에는 눈부시게 푸른 하늘이 기다리고 있는 법. 비록 지금은 무채색 세상이지만 아이들의 가슴에는 푸른 희망이 자란다. 그 희망이 사라지지 않기를, 그 희망이 현실이 될 수 있도록 힘을 달라며 감았던 눈을 뜨며 긴 기도를 끝낸다. 마음이 맑아지는 기분이다. 누군가를 위해 기도할 수 있어서 좋다. 나는 참 행복한 인간이다.

　나뭇잎이 제 색을 찾는 비옥한 시간! 제 빛깔을 찾기 위한 서른여덟 이쁜이들의 발걸음도 뜨겁다. 지식과 정보의 세계를 거닐며 탐색하고 사유하고, 이성과 감성의 촉수들을 모아 복잡한 세상의 진실을 읽어내느라 부산하다. 어색함과 설렘이 함께 묻어나던 3월, 모두가 한데 어우러지던 즐거운 체육대회, 졸린 눈 비비며 문제집과 씨름하는 야자 시간, 재잘거리며 다녀온 인사동 그리고 대학로, 일상을 벗어나 내 안의 나를 찾아 떠난 2박 3일의 수련 활동, 희망과 절망이 교차하는 대학의 꿈. 책 속에서 생의 감각을 갈구하는 모습들. 두통과 긴장 속에 치러야 하는 시험의 연속. 저마다의 시간 속에서 제 시선으로 제 빛깔을 찾기 위한 고귀한 몸짓들이다. 때론 혼자서 그리고 더불어 함께 모여 꿈틀대다가 기어이 살아서 움직이는 희망의 몸부림이다. 돌이켜보면 소중하지 않은 시간이 없고, 하나같이 사랑스럽고, 생각하면 눈물 고이는 모습들이다.

가을이 깊어 간다. 심연이 깊어 가는 시간, 너희들의 배움도 깊이를 더한다. 우러러 하늘을 응시하고, 굽어 세상을 조망해 가는 재미가 제법 쏠쏠하다. 너희들이 토해내는 한마디가 씨줄이 되고, 너희들이 만들어 내는 몸짓이 날줄이 되어 우리들 소중한 인연의 실타래를 엮는다. 인연을 소중히 여기는 마음으로 페이소스 짙은 너희들 내면의 울림을 느낀다. 함께 어우러져 박동하는 너희들의 그 뜨거운 심장 소리를 듣는다.

생각지도 않게 내 가슴 속으로 굴러들어 온 복덩이들. 그대들이 있어 진정 행복하단다. 정말 고맙다. 2011년 온양여고 2학

년 8반 서른여덟 이쁜이들의 초롱한 눈망울, 가슴에서 우러나오
는 뜨거운 언어, 가녀린 몸짓 하나하나까지 내 가슴에 담는다.

예산유정(禮山有情)

또 가을이다. 창문을 기웃거리는 햇살들의 속삭임이 정겹다. 일상에 축축하게 젖은 몸을 가을볕에 내다 말리고 싶은 토요일 오전. 옹기종기 모여 앉아 재잘거리는 예닐곱 명 아이들의 모습이 가을빛에 젖는다. 환하게 미소 짓는 표정이 그렇고, 목소리에 묻어나는 마음도 비옥하다. 창밖으로 시선을 건넨다. 노랗게 물드는 교정의 은행잎 사이로 가을이 손짓한다. 벌써, 세월에 빛바랜 이파리들이 겸허한 마음으로 산화하고 있다. 거기에도 삶과 죽음이 존재한다. 산화하는 낙엽으로 인해 새봄을 꿈꿀 수 있다는 건 자연의 거룩한 본능이다.

추석 전, 예산에 다녀왔다. 집으로 날아온 사과 한 박스가 기억의 더듬이를 일상 밖으로 끄집어내었다. 알알이 붉은 사과가 생의 진리를 말해 주는 곳, 교직 생활의 아련한 추억이 서려 있는 곳. 눈을 감으면 그리움들이 물안개처럼 다문다문 피어나는 곳. 예산은 하나도 변하지 않은 채 그대로였다. 예산을 떠나온 지 벌써 10년. 신례원 성당에 들르고, 살던 아파트를 둘러보고, 세 살짜리 어린 아들이 즐겨 타던 놀이터 그네에도 앉아보았다. 눈물이 났다. 어린 아들과 함께 거닐던 추사고택을 딸아이의 손을 잡고 거닐었다. 여기저기 흩어진 옛 추억을 더듬으며 손수건만 한 시선을 던지는 아내의 걸음걸이가 여유롭다. 세월 탓이다. 아내도 시간의 흐름 속에서 어쩔 수 없이 가을을 닮아가고 있었다.

예산은 늘 그랬듯이 엄마 품처럼 아늑하고 포근하다. 아내와 어린 딸이 추사고택 정원을 둘러보는 사이 잔디밭에 누워 기억의 촉수를 더듬어 본다. 언뜻언뜻 흰 구름 사이로, 내가 눈길을 주었던 아이들이 환히 웃는다. 담임 결혼식 날, 원주까지 와서 신부가 너무 예뻐서 선생님 입이 귀에 걸렸다고 놀리던 아이들, 담임의 자가용 앰프에 음악을 크게 틀어놓고 밤이 늦도록 에어로빅 연습하던 아이들, 담임과 학교 앞 사과밭에서 사진 찍다가 서리꾼으로 몰려 담임에게 뒤집어씌우고 줄행랑 놓던 아이들, 천안으로 떠나는 담임에게 종이비행기로 배웅하던 2000년 예산여중 1학년 8반 제자들, 모두 푸릇한 한 그루 나무가 되어 성큼성큼 내 마음속으로 걸어 들어온다. 이내 가을 들녘처럼 넉넉한 가슴을 열어 보인다. 21년 내 교직 생활의 발자국을 명징하게 수놓는 증거들이다. 그중에 한 아이의 이름이 떠오른다. 상기!

1992년도에 예산에 있는 덕산중학교에서 3학년 담임을 맡았다. 그때 담임했던 아이 중에 상기라는 이름이 있었다. 출석번호가 1번일 만큼 반에서 키가 가장 작고 덩치도 왜소했다. 게다가 집안이 무척 가난했다. 더욱 담임의 관심을 사로잡은 이유는 상기가 부모도 없이 조부모 밑에서 사는 불우한 아이였다는 사실이다. 워낙 기가 약해서 후배들에게 맞아 우는 일도 일쑤였다. 담임이 그 후배를 불러 혼을 내다 그 담임과 갈등을 일으킨 적도 있었다. 아이 싸움이 어른 싸움이 된 꼴이다. 나는 그때 총각이고 자취를 했었기에 상기를 비롯한 아이들을 꾀어 자주 덕산 읍내에서 짜장면을 먹으며 저녁을 해결하곤 했다. 그러다 보니 상기에 대한 남다른 애정이 생겼고, 상기는 가끔 그런 나를 '큰형아'라고 부를 정도로 격의 없이 다가왔다.

졸업식 날이었다. 교직 생활에서 처음으로 졸업시키는 아이들이었기에 보람이나 뿌듯함보다는 가슴 한켠으로 밀려오는 서운함과 섭섭함을 주체하기가 힘들었다. 요즘은 그런 풍경을 보기 어렵지만 선생님의 손을 잡고 우는 여자아이들도 여럿 있었다. 졸업식 날, 상기 할머니께서 손자의 졸업을 축하해 주러 오셨다. 상기 할머니는 엄마 아빠 없이 자라는 손자에게 관심과 사랑을 주신 담임 선생님이 너무 고마워 얼굴 한 번 꼭 보고 싶어 왔다며, 내 손을 잡고 오래도록 놓지 않았다. 비록 상기 할머니의 손은 칠십 평생을 시골에서 사신 까닭에 참나무 껍질처럼 거칠었지만 무척이나 따뜻했다. 지금도 상기 할머니의 손끝에서 느껴지던 온기를 잊지 못하고 있다. 어쩌면 내가 교단에 서는 한, 결코 잊을 수 없는 아주 살갑고 따스한 학부형의 전형이다. 그리고 졸업식이 거의 파할 무렵 내게로 다시 오신 상기 할머니는 치마 속에서 무언가를 꺼내 내 손에 쥐어주며 다시 한번 고마움을 표했다. 손을 펼쳐보니 꼬깃꼬깃 접힌 만 원짜리 한 장이었다.

"선생님 자취하신다고 들었는디 참말로 힘드실 거여. 변변찮지만 이걸로 고기 한 근 사 드셔."

순간, 저 깊은 가슴 속에서 울컥 끓어오르는 감정을 숨기기 어려웠다. 교직 생활 3년 만에 처음으로 받아보는 촌지였다. 말 그대로 촌지, 작은 정성이었다. 아이들이 돌아간 후, 교무실에 앉아 그 만 원짜리를 물끄러미 바라보고 있는데, 교감 선생님이 웬 돈이냐 물었다. 사실대로 말씀드렸더니, 값으로 따질 수 없는 아주 소중한 거라며 부러워하셨다. 나도 그것보다 더 값진 촌지는 없을 거라 여기고 그것이 내 교직 생활의 처음이자 마지막 촌지라고 생각했다. 그리고 그것은 지금까지 나를 지켜주는, 내가 중심을 잃지 않고 아이들 앞에 설 수 있도록 보이지 않는 판관으로 자리 잡았다. 지금 생각해 보면 상기 할머니가 내 스승인 거 같아 새삼 고마운 마음이다.

나 자신 조금은 고지식하게 살아가는 인생이지만 세상은 때때로 그런 나를 배반할 때가 있다. 온양여고 3년째인데 올해 처음으로 촌지를 받았다. 시대의 흐름에 무심하신 탓인지 아니면 순수한 마음의 표현인지 잘 모르겠다. 아마 후자이리라. 늘 그랬던 것처럼 미안하고 거북한 마음이지만 어머님이 마음의 상처를 받지 않도록 아주 정중한 인사가 담긴 편지와 함께 그 촌지를 되돌려 드렸다. 편지를 받은 어머니가 기분 상하지 않으셨으면 좋겠다. 부끄러운 인생에 먼지 한 톨 덜어내는 마음이다.

여고 인문반을 맡았기 때문인지 내 아이들 중에는 유치원에서부터 중고등학교에 이르기까지 교단에 설 아이들이 제법 된다. 생각만 해도 괜스레 마음이 편안하고 즐겁다. 가끔 남몰래 호사스러운 기쁨에 젖기도 한다. 모두들, 순백의 아이들 가슴에 희망과 용기를 불어넣어 주는 훌륭한 선생님이 될 거라 믿는다. 그러면서도 한편으로는 담임의 노파심을 아이들에게 전해 주고 싶다. 괜한 걱정이겠지만 내 아이들이 촌지에 관한 한 고지식했으면 한다. 그것이 아이들의 가슴에 명징하게 자리 잡았으면 좋겠다. 나는 어쩔 수 없는 선생인가 보다.

또 1년이 지나간다. 어쩌면 담임으로서는 마지막이 될지도 모르는 아이들이다. 대과 없이 잘 따라주니 하냥 고맙기만 하다. 고민도 많고 눈물도 많은 시기인데 내색하지 않고 제자리를 지키는 아이들이 대견스럽고 고맙다. 지치고 힘들더라도 어깨를 짓누르는 삶의 더께를 참고 견디며 조금만 더 힘을 내주었으면 좋겠다. 내 아이들이 고3 시절 잘 마무리하고, 스무 살이 되면 한몫의 인간으로 자신의 자리를 지키며 올곧게 살아갈 거라 믿는다. 가끔 아이들과 군것질하거나 함께 밥을 먹은 후, 고맙다는 인사를 건네는 아이들에게 한마디 한다. 20년 후에 꼭 갚으라고. 그런데 아이들은 알려나? 그 대상이 담임이 아니라 자기 삶 주변의 따뜻한 이웃들이라는 것을. 땅에 떨어진 낙엽이 썩어 새봄에 나무들의 새순으로 돋아난다는 사실을 내 아이들은 잘 알 거다.

한낮의 햇살이 따뜻하다. 장인어른 돌아가신 뒤 축축하게 젖었던 마음이 가을볕에 따스하게 말라간다. 정적이 감도는 침묵 속에서 공부에 몰입해 있는 아이들이 정겹다. 한없이 어질고 착한 시선을 건넨다. 햇살을 닮은 아이들이 내 마음속으로 자박자박 걸어 들어온다.

장학협의회 유감

오월이다. 진달래꽃 얼굴 붉히며 소리 없이 진 자리에 새록새록 돋아난 진초록 잎새들이 초여름의 따가운 햇살을 받으며 너울너울 설움을 토해내는 신록의 계절이다. 해마다 학기 초가 되면 각급 학교마다 치러야 하는 통과의례 아닌 통과의례가 있다. 다름 아닌 봄철 계획단계 장학협의회다.

"다음 주에는 장학협의회가 있습니다. 특정 수업 시간표가 발표되었으니, 선생님들은 준비에 만전을 기하되, 특히 이번에는 수준별 수업과 수업 모두(冒頭)에 학생들의 인성을 함양시킬 수 있는 간단한 프로그램을 반드시 준비하기 바랍니다. 장학사의 특별 지시 사항입니다. 아울러 실내·외 환경 및 학생들 인사 예절 그리고 당일 선생님들의 복장에도 특별히 신경을 쓰기 바랍니다."

사월 말부터 거론되던 장학협의회가 여러 번의 연기 끝에 한 달이나 지난 오월 말에야 열리는데 이렇게 부산떠는 것이 새삼스러운 일은 아니다. 사실, 장학협의회는 말 그대로 교육전문가인 장학사들이, 교육 일선의 여러 가지 문제를 교사들과 협의를 통해 풀어가는 동시에, 교사들로 하여금 더욱 열심히 교육 활동에 전념할 수 있도록 격려하고 사기를 진작시켜 주는 것이 본래의 의미이다. 그러나 유감스럽게도 현재 이루어지고 있는 장학협의회는 전혀 그렇질 못하다. 대부분 교사들은 현재의 장학협의회 형태나 방법에 대해 무척이나 불만스럽게 여기고 또 보여주기식의 일회성 장학협의회가 실제 학생 교육에 별로 도움을 주지 못한다고 생각하고 있다.

아침부터 오후 늦게까지 수업 시찰 및 강평, 이어지는 각종 업무에 대한 감사, 거기에 따른 지시 및 시정 명령, 마지막 순서로 장학사들의 부드러운 듯하면서도 위엄에 찬 총평에 쥐 죽은 듯 조용한 교무실 분위기, 교사들이 발언할 기회나 협의의 과정은 전혀 찾아볼 수가 없다. 이어지는 장학사를 위시한 몇몇 교사들끼리의 회식연, 이것이 틀에 박힌 일정인데 아마도 대부분의 학교 현장에서 이루어지는 장학협의회가 천편일률적으로 똑같을 것이다. 말이 장학협의회지 장학시찰이나 장학감사라는 말이 더 적격일 듯싶다.

중년의 교육계 선배 한 분의 말씀에 의하면, 그분이 처음 교직에 나왔던 1960년대 말의 장학협의회 광경이나 지금의 장학협의회 모습이 거의 달라진 게 없이 그대로라는 것이다. 세상은 급박하게 변화해 가는데, 어쩌면 우리들은 일제가 남겨준 낡은 유산을 끌어안은 채, 교단에서 뿌리 깊은 복종 의식과 타성에 젖고 있는지도 모른다. 교육 관료들의 해묵은 권위주의가 양산해 놓은 마땅히 버려야 할 유산이라고 생각한다.

 "어! 선생님, 오늘 왜 양복 안 입고 오셨어요. 선생님, 교장 선생님한테 찍히시는 거 아니에요?"
 누가 아이들을 이렇게 만들고 있는 것일까? 실제로 교사들이 교육 현장에서 부대끼는 문제는 수없이 많다. 참된 인간 교육을 위한 방법 모색 문제, 수업을 뒷전으로 미루게 하는 본말이 전도된 과중한 공문 처리, 이외에도 교장 선생님과의 가치관 차이에서 오는 갈등, 탈선 학생 선도 문제 등 모든 문제들에 대해 서로가 가슴을 열고 함께 고민하며 해결할 수 있는 토대를 장학협의회의 개선에서 찾을 수 있지 않을까? 지시, 명령 위주가 아닌 창의적인 내용과 방법으로 새롭게 개선해, 교육 발전에 도움이 되는 실질적인 장학협의회가 이루어져야 할 것이다.
 또한 교육 관료들의 의식에 일대 전환이 있어야 한다. 과거의 낡고 퇴색한 관료주의와 권위 의식을 버리고 진정으로 열린 마음, 열린 사고로 교육에 임해야 할 시점이다. 그래야만 급변하는 시대 앞에서 자꾸 뒤처져만 가는 교육을 살릴 수 있다. 교육은 백년지대계(百年之大計)라고 했는데 요즘의 교육은 백 년 앞을 내다보는 원대한 교육이 아니라, 입시와 성적 제일주의의 수렁에 빠져 허우적대고 있다. 오늘날 우리가 처한 경제 위기의 한 원인 또한 바로 지시, 명령, 복종의 고압적이고 피동적인 교육과 인간 교육의 소홀 그리고 그러한 교육에 대한 대안의 부재에서 비롯된 것은 아닐까?

8년 전 군에서 제대하자마자 복직했을 때, 그 짧은(?) 머리의 초년 교사인 내게 교사 인생의 지표를 설정해 준 고마운 선배의 잊지 못할 한마디가 생각난다.

"낭만적인 생각만으로 교단에 서지는 말아라. 진정 깨어있는 교사로 남기 위해서는 아이들에 대한 깊은 관심과 애정, 그리고 끊임없는 자신과의 싸움이 필요하다. 그러려면 먼저, 모르는 사이에 타성에 젖고 체제에 맹목적으로 순응하는 자신을 일깨울 든든한 마음의 채찍을 준비하라."

_1998년

내 삶의 멘토(Mentor)

다사로운 햇살과 삽상한 바람 속에서 여름내 흘린 땀방울들이 탐스럽게 영글어 가는 가을입니다. 불철주야(不撤晝夜) 노력한 인생사가 대자연과 조화를 이루면서 그 아름다움을 승화시키는 결실의 계절입니다. 이 좋은 계절에 제 한 몸 불태우며 세상사에 흐려진 사람들의 눈을 맑게 씻어주는 교정의 단풍나무들을 보면서, 가르침과 배움의 참모습에 대해 생각해 봅니다.

맹자가 군자의 세 가지 즐거움을 말했는데, 그 중 '천하에 영재를 얻어 가르치는 것이 군자의 세 번째 즐거움(得天下英才 而敎育之 三樂也)'이라고 했습니다. 그렇습니다. 고금을 통해 보더라도 교육자의 존재 이유가 학생이라는 사실에는 변함이 없습니다.

사회 일반에서 소비자 중심의 유통 구조가 확산되면서, 교육계에도 '수요자 중심 교육'이라는 모토가 교육의 주요 원리로 정착되고 있습니다. '인간은 오직 자신이 경험한 것만큼 배운다'는 타바(H.Taba)의 지적처럼, 이제는 객관적 지식을 꾸러미로 한 폐쇄적 내용의 전달보다는 학습자의 자유로운 경험과 사고를 중시해야 합니다. 모든 학생들에게 동일한 모양의 옷을 입히려고

강요해서는 안 됩니다. 학생 저마다의 체형과 스타일에 가장 잘 어울리는 바지와 셔츠와 점퍼를 준비하여 멋과 개성이 살아나게 옷을 입혀야 합니다.

'멘토(Mentor)'라는 말이 있습니다. 오디세우스가 트로이 전쟁에 출정하면서 그의 아들이자 왕자인 텔레마코스를 가장 믿을 만한 친구인 멘토에게 맡깁니다. 멘토는 왕자의 교사로서, 조언자로서, 때로는 친구나 아버지가 되어 적절한 상담으로 20년 동안 가르쳐 지혜롭고 현명한 왕으로 성장시켰습니다. 멘토란 인생의 가르침이나 도움이 될 만한 선생님, 저명인 또는 개인적인 인연으로 삶의 큰 계기나 영향을 줄 만한 존재를 말합니다. 나는 여러분과의 삶 속에서 나 자신을 돌아보며 가르침에 대해 새롭게 정립하곤 합니다. 그런 의미에서 여러분은 내 삶의 멘토라고 할 수 있습니다. 삶의 분명한 목표를 정하고 적극적이고 진지한 자세로 중심을 잡으면서 정진하는 모습, 그것이 바로 여러분 인생을 튼실하게 살찌우고 성공으로 이끄는 지름길입니다.

눈 뜨는 아침이면 안개를 가르며 내 품으로 찾아드는 아이들, 교과서를 통하지 않고서라도 만남과 눈빛 그 자체만으로도 따뜻하고 포근한 아이들, 사랑하는 여러분들이 바로 내 삶의 존재 이유이자 버팀목입니다. 오늘도 우리 1,500여 아이들은 무수한 인연의 실타래 속에서 꿈과 이상의 실마리를 찾느라 구슬땀을 흘리고 있습니다. 세상이 때론 무채색일 때도 있지만 여러분들의 가슴에는 언제나 푸른 희망의 나무가 자라고 있습니다. 햇살 가득한 교정, 웃음이 넘치는 교실에서 함께 공부하고 노력하며 희망의 열매를 키워나가는 여러분에게 진심 어린 파이팅을 외쳐봅니다. 일상이 때론 힘겹고 눈물 나더라도 작은 인연을 소중히 여기고 서로를 바라보면서 영원히 함께 웃을 수 있기를 기도합니다. 어린 시절 어머니의 품속처럼 다사로운 햇살 가득한 가을에 조용히 여러분의 가슴을 두드려 봅니다.

선물 같은 아이들

벌써 11월이다. 채우면 채울수록 점점 더 비어가는 계절, 그러기에 더욱 마음을 다스리는 슬기와 살가운 인정이 그리워지는 시간.

천안삼거리를 바라보며 천리 밖을 지향하는 암말의 형상을 닮았다는 마망산. 그 품은 여전히 아늑하고 포근하다. 천안여고에서 세 번째 맞이한 3월, 오랜만에 맡아보는 1학년. 눈 뜨는 아침이면 간밤에 잃어버린 발자국을 찾아 자박자박 모여드는 해맑은 눈망울들을 만나려 조심스레 여는 교실 문, 학기 초부터 6반 아이들과 함께하는 일상의 순간순간이 내게는 기쁨이고 선물이었다.

그렇지만 고백 아닌 고백을 해야겠다. 마망산을 화사하게 치장하던 봄꽃들이 질 때까지 마음 한구석을 깊숙이 찔러대는 아픔에 가슴앓이를 해야 했다. 인간은 시간의 감옥에 갇힌 수인이라고 했던가. 만남과 이별의 변주 속에서 정든 교정을 떠난 아이들에 대한 생각은 내 삶의 시계추를 자꾸만 뒷걸음치게 했다. 인생 최고로 힘든 시기라는 고3, 그 시기를 동고동락하며 견뎌낸 아이들과의 추억을 더듬다 보니 봄날이 저만치 달아나고 있었다. 하지만 그렇게 과거 속을 주억거리면서도 신록이 짙어가는 산색을 보면서 6반 아이들의 해맑은 눈동자와 백옥 같은 내면의 향기에 취해 들고 있었다.

6반 아이들은 최고로 예뻤다. 정중동이랄까. 아이들은 개성이 분명하면서도 모두를 생각할 줄 알았다. 학기 초부터 학업성적으로 자퇴를 고민하며 힘겨워하던 아이들이 내심 걱정스러웠지만 이내 마음을 추슬렀고, 혼수상태인 것 같은 몇몇 아이들이 반의 중심을 잘 잡아주어 고맙기만 했다. 비록 공부와 유희를 확연히 분별할 줄 아는 절제된 반이라고는 할 수 없었지만, 생각과 가치가 다른 타인들의 시선도 살갑게 응시할 줄 아는 아이들이었다. 삶의 온기가 꿈틀거리는 교실 풍경은 더 좋았다. 아침 여덟 시가 가까워져 오면, 썰렁하고 공허한 교실 분위기를 재잘거림과 생기로 가득 채우는 아이들. 말끔하고 깨끗하게 정리된 교실. 아침마다 서른여덟의 머릿수를 확인하는 순간이 제일 흐뭇했다. 색다른 개성에 맞춰 아이들의 삶의 빛깔도 다양했다. 아이들이 만들어 가는 일상의 실체가 유사하면서도 저마다 삶의 붓놀림이 다르고 채색이 제각각이었다. 그래서 더 마음이 끌렸다. 딸내미 이상으로 사랑스러웠다.

한 마디로 아이들이 엮어가는 일상적인 삶의 모습은 아기자기했다. 활자에 매료되어 내면 깊숙한 아름다움을 화폭에 담아내는 아이들도 있었고, 자신의 삶을 아름다운 선율로 엮어가는 아이들도 있어 조화로웠다. 삼삼오오 모여 앉아 도란도란 이야 기꽃을 피우는 아이들은 내 희망이었다. 세 번째 밥을 먹고 난 후, 꾸벅꾸벅 졸고 있는 형광등 아래에서 잠시 일상의 피로에 굴복한 아이들의 모습도 정겨웠다. 또 몇몇은 보이지 않는 미래의 꿈으로 고민하고 방황하며 불안에 떨기도 했다. 그래도 대부분의 아이들은 깨알 같은 활자와 씨름하며 퍼즐 조각을 맞추듯, 인간으로서의 격을 갖추고 인생의 해법을 찾느라 분주했다. 그런 아이들이 대견스러웠다. 낮 시간이 짧아지는 계절로 접어들면서부터, 부서진 포말이 알알이 모래 속으로 스미듯, 아이들 하나하나 내 마음속에 자리 잡기 시작했는데, 야속하게도 세월이 인생을 앞질러 가는 형국이다. 세 번째 맞이한 계절도 어느덧 마지막 주자에게 자리를 내주고 있으니 말이다.

교정 밖 잔디밭에 서서 저 멀리 세상을 응시하면 문명을 싣고 포도를 질주하는 차량들이 즐비하다. 내 아이들도 2년 후면 더 큰 세계로의 비상을 꿈꿀 것이다. 나도 가끔 물끄러미 창밖을 바라보는 버릇이 생겼는데, 그때마다 내 안의 질주 본능이 발동하곤 한다. 육신은 교실에 붙박여 있는데 마음은 또 가만히 있지 못하고 꿈틀거린다. 만남과 이별의 이중주가 만들어 내는 잔잔한 아픔, 어쩔 수 없는 인생의 질곡이다. 늘 그랬듯이 한 계절만 지나면 6반 아이들과 또 이별이다. 그리고 2년 후에는 질주하는 차량을 따라 아이들이 마망산의 품을 뒤로 하고 거대한 사회의 메커니즘 속으로 달려갈 것이다. 벌써 스물일곱 번째 반복되는 일상이다. 아이들과 함께하는 삶이다 보니 해마다 반복되는 만남과 이별을 피할 수가 없다. 하지만 내가 선택한 길이다. 다만 나와 인연을 맺은 아이들 모두 튼실한 날갯짓으로 좀 더 높이 그리고 좀 더 멀리 비상했으면 한다. 또 내 아이들이 버거운 일상에 힘들고 지칠 때면, 뒤돌아볼 줄 아는 여유를 가졌으면 좋겠다. 그렇게 비상과 안식 속에서 당당한 한몫의 인간으로 성숙해 가리라 믿는다. 그 믿음과 기대가 현실이 될 것이다. 왠지 느낌이 온다. 기분이 좋아진다.

불안과 기대 속에 시작한 고등학교 1학년 생활도 두 달여 남았다. 적응하느라 무척 힘들고 고뇌와 눈물이 많았을 텐데 특별한 내색 없이 꿋꿋이 달려왔다. 쉽지 않았을 아이들의 노정에 살가운 미소와 박수를 보낸다. 학업과 적응의 문제로 내 곁을 떠나간 두 아이가 생각난다. 좀 더 살갑게 대해주었더라면 하는 마음이 가슴 가득 부채 의식으로 남았다. 그래도 그 아이들의 선택을 존중하고 싶다. 한몫의 인간으로 성숙해 가리라 믿으며 박수를 보낸다. 1학년 아이들이기에 서로 간에 서먹함이 없지 않다. 애증의 골을 느끼며 아파하는 아이들도 더러 있다. 그러나 좀 더 멀리, 좀 더 넓게 생각하며 모두를 배려하고 이해하며 마음의 앙금을 깨끗이 씻어버렸으면 한다. 그리고 모두들 활짝 웃었으면 한다. 6반 내 아이들은 그랬으면 좋겠다.

타고난 성격상 표현과 내색을 잘 못하지만 정말 내 교단 인생 최고의 아이들이다. 내가 많이 부족한 데도 제자리를 잘 지켜왔다. 잘 참고 견뎌준 아이들이 고맙고 대견스럽다. 그리고 성격이 모나지 않아 좋다. 털털해서 더욱 믿음이 간다. 때 묻지 않아서 사랑스럽다. 사람을 대하는 눈길이 살갑고 둥글둥글해서 예쁘다. 찾기 힘든 극상의 존재들이다. 항상 기죽지 않고 자신감 넘쳐서 정말 좋다. 그 자신감으로 학창 시절을, 아니 인생을 유감없이 즐겼으면 한다. 그동안 너희들이 흘린 땀방울과 방황의 날들과 불면의 시간에 아낌없는 찬사를 보낸다. 그리고 사랑한다.

고독론(孤獨論)

첫새벽이다. 익숙한 풍경이다. 홀로 깨어 세상을 밝히는 별들의 속삭임이 귀에 들리는 듯 적요의 한가운데서 내 의식이 서성거린다. 어제는 모처럼 만에 술을 마셨다. 소주 반병이나 마셨나. 한 병을 채 못 마시고 잔을 내려놓았다. 취하고 싶어서 마신 술인데 오히려 안개 속처럼 몽롱하기만 했던 정신이 깨어나니 기분이 참 묘하다.

현실의 고독을 달래려 술을 마셨다는 문인들이 생각난다. 술을 마시면 위아래도 몰라보며 혼탁한 세상에 울분을 토하며 장탄식하던 김관식 시인이 그렇고, 술만 마시면 세상 모든 곳이 잠자리가 된다는 함민복 시인도 있다. 그래도 말술의 대가로 이름난 당나라 시인 두보가 생각난다. 그를 그토록 취중 속에 머물게 한 요소가 무엇이었을까. 처자식을 떠나 낯선 장안 땅에서 견뎌야 했던 가난이었나. 아니면 최후를 맞는 마지막 순간까지 평생을 곁에서 함께한 질병이었나.

아니다. 가난도 질병도 아닌 것, 타락한 교회에 맞서다 요절한 실존철학의 대가 키르케고르의 말을 빌리자면 신이 인간에게 주는 마지막 선물, 죽음에 이르게 하는 그것, 바로 고독이다. 키르케고르도 결국 기독교인들과 목사인 형의 냉대를 받으며 외로움에 떨다가 한창나이에, 죽음에 이르지 않았던가. 그래도 두보는 행복한 편이다. 외로움으로 인해 술을 마셨지만, 그 취기로 외로움을 어루만질 수 있었으니 말이다. 게다가 오래도록 후대인들에게 회자(膾炙)되는 절창 여러 편을 쏟아냈으니 생산성 높은 고독이지 않았나 싶다. 정신적 아픔으로 고생하던 '등대로'의 버지니아 울프나 반 고흐를 보면 고독은 창작의 원천인 생산적인 일임이 틀림없다는 생각이 든다.

이제 술을 마셔도 취하질 않으니 좋은 친구 하나를 잃어버린 느낌이다. 술을 마시기는 했는데 정작 취하지 않으니 머쓱하다. 새벽 한 시에 깨어 두 시간 넘게 지속되는 외로움만이 말똥말똥 어둠을 밝히고 있다. 끝 가는 곳 모르게 불면 속을 헤매는 중이다. 불안해진다. 술이란 친구를 잃어버리고 고독이란 놈이 새로이 손을 내밀고 있는데 거절할 수 있을지 모르겠다. 두보는 그 고독이 선물한 시로 인해 시성(詩聖)이란 최고의 찬사라도 얻었지만 나는 아니다. 깊은 수렁 속으로 침잠할 뿐이다.

고락을 함께한 아이들이 또 내 곁을 떠나갔다. 매년 겪는 통과의례지만 돌아보면 진한 아쉬움이 남는다. 돌아보면 올 한해도 성공이라 말할 수가 없다. 냉정하게 평가하면 실패란 또 하나의 훈장이 마음 한가운데에 버틴 채 반짝거린다. 아이들 입장에서 보면, 아픔의 반대급부인 성숙이란 위로라도 받겠지만, 이맘때의 내겐 누구의 위로도 소용이 없다. 뜬눈으로 밤을 지새우는 외로움을 견뎌야만 한다.

그래도 아이들이 앞날에 충실하고 서광이 비치고 행복할 수 있을 거라고 자위한다. 씁쓸하지만 어쩔 수 없다. 어차피 세상의 이치는 음지와 양지의 반복이지 않은가. 인생은 다 그런 거다. 내 인생에서 아이들이란 존재는 무슨 의미일까 되뇌어 본다. 나만의 시간에 침잠해 감정을 소비하는 게 흔한 일상이 되었다. 어쩔 수 없는 일이지만 슬프다.

오늘 밤에도 어쩌면 어젯밤에 실패한 술에 도전해야 할지 모른다. 한 석 잔쯤 마시고 성공했으면 좋겠다. 한 잔은 떠나버린 아이들을 위해, 또 한 잔은 홀로 남겨진 나를 위해, 나머지 한 잔은 또다시 찾아올 새로운 아이들을 위해.

바람으로 머리 빗고 비로 목욕하다

12월 4일 목요일

오랜만에 쓴다. 보름만인가.

경순이 형과의 저녁 약속을 다음으로 미뤘다. 아주 편안한 마음으로 답답한 속내를 풀어놓고 싶었는데 아쉽다. 늘 털털한 모습의 경순이 형이 왠지 모르게 정이 가고 좋다. 좋은 사람과 함께 생활한다는 게 큰 복이라 생각한다. 교실에 들러 아이들 자습 시작하는 거 보고 갈까, 하다가 그냥 교문을 나섰다.

집에 들렀더니 아내가 저녁상을 차리며 아들에게 무심한 아빠를 탓하듯 한마디 던진다. 고등학교 선택 문제 건으로 아들 담임에게서 전화가 왔단다. 입시 상담 전화를 아내에게 미루고 성당 교우의 연도를 핑계로 도로 집을 나섰다. 다녀오시라는 인사를 하는 아들 녀석의 목소리에 힘이 없다. 요즘 아빠에게 많이 기대고 싶은 눈친데 아빠는 마음의 여유와 갈피를 잡지 못하고 있다. 아들에게 미안할 따름이다.

충무병원 장례식장으로 연도를 갔다. 망자는 쉰네 살이란다. 하 스테파노. 복통을 오래 참다 견딜 수 없어 진찰을 받아보니 간암 말기였다. 그리고 진단 하루 만에 세상을 떴다. 참 기이한 일이다. 진단받은 지 하루도 지나지 않아 죽다니. 자살도 아니고. 하늘이 무너지는 듯한 충격을 감당하기 힘들었나 보다. 영정 속의 망자는 건강한데 나이가 너무 아깝다. 주님이 필요해서 먼저 불렀나. 연도 내내 망자의 딸이 곁에서 흐느끼며 눈물을 훔친다. 어깨를 들썩이는 모습이 슬프다. 어떤 심정일지 알 것 같다.

연도를 마치고 성당 교우들과 허름한 술집을 찾았다. 의미 없이 주고받는 말들이 허공을 헤맨다. 무심코 그들이 주고받는 이야기를 듣다 보니 거기 내 마음도 자리를 찾지 못하고 부유하고 있다. 한 해를 마무리하는 12월인데 너무 힘들다. 담임이 이야기하는 내내 시선을 외면한 채 창밖만 쳐다보던 아이가 떠오른다. 아이는 무슨 생각을 하고 있었을까.

생각했던 거보다 아이들은 영악했다. 현실적 판단에 의한 자기주장인지 감성적 심안의 부족인지 모르겠다. 어쨌든 아이들은 담임의 읍소를 거절했다. 흔히 있는 아이들 사이의 다툼이라면 큰 문제는 아니다. 그런데 오랜 시간 지속적으로 이어온 다대일의 갈등. 가랑비에 옷 젖는 격이랄까, 코너로 몰린 아이는 끝내 자포자기의 심정으로 학업 포기를 결심했다. 담임의 상담과 설득도 소용이 없다. 급우와 더불어 함께하는 배려와 공동체 의식이 개인의 이기에 앞서리라 생각했는데 착각이었다. 아이들을 너무 쉽게 믿은 탓이다. 아이들과 함께한 시간들을 곰곰이 반추해 본다. 힘들다. 가슴이 아프다. 소통의 부재라고 치부하기에는 서러운 생각마저 든다. 실패한 일 년으로 기록될 거 같다.

밤 1시가 넘어간다. 바람이 분다. 차다. 볼을 스치는 냉기가 가슴까지 밀려온다. 가슴의 통증이 또다시 시작된다. 약을 먹어도 그때뿐 마음을 편안히 먹어야 할 텐데, 현실이 허락지 않는다. 반 아이들이 보내온 문자를 읽는다. 죄송하다고 선생님 힘내시라고. 울컥 눈물이 난다. 사실 그게 아닌데, 힘을 내야 하는 건 아이들인데 왜 나를 보고 힘을 내라는지 잘 모르겠다. 아파트 앞에서 결국 내장 속 이물질들을 토해냈다. 가슴이 답답하고 등골이 찌를 듯이 아프다. 간헐적으로 찾아오는 반갑지 않은 흉통. 얼마나 더 참아내야 하는지 모르겠다.

성긴 눈발을 동반한 바람이 세차게 불어온다. 집에 들어오니 아들 녀석이 그때까지 자지 않고 문을 열며 인사를 한다. 엄마가 담임 선생님과 통화했다는 말을 잊지 않는다. 아내는 잠들어 있었다.

12월 5일 금요일

새벽 내내 찢어지는 듯한 흉통에 시달렸다. 아침에 일어나서도 헛구역질만 계속했다. 머리가 아프고 몸을 가누기 어려울 정도로 어지럽다. 학교에 갈 수 있을지 모르겠다. 병원엘 먼저 가야겠다. 임 샘에게 문자를 넣었다. 임 샘도 요즘 많이 힘들어하는데 미안하기만 하다. 요즘 들어 한결 의젓해진 은결이가 아빠 이마를 짚어보며 걱정을 한다. 병원에 가봐야 하지 않냐며. 아빠 일어나서 산책이라도 하라며 볼에 뽀뽀를 한다. 초등학교 2학년 같지 않다.

간 수치가 전보다 높아졌다는 이 원장의 말을 들으니, 온몸의 피가 쭉 빠져나가는 느낌이다. 무리하지 말고 심리적 안정을 취하라는 말을 스치듯 들으며 병원을 나섰다. 다은이에게서 문자가 왔다. 1년 내내 담임을 괴롭히는 아이. 그래도 밉지 않다. 순수하고 귀엽기만 하다. 진아 생일인데 함께 해주지 못해 미안했다. 문자를 보냈더니 금방 답이 왔다. 생각이 많으면서도 내색을 잘 안 하는 성실한 아이. 오래도록 기억될 거 같다. 현주와 선영이에게서도 문자가 왔다. 못난 담임 만나서 애쓰는 모습이 안쓰럽고 고맙기만 하다. 담임으로서의 모든 권리를 포기한다는 말을 거두어달라며 눈시울을 붉히던 모습이 떠오른다. 정말 미안하다. 그런데 내가 아이들에게 행사할 권리가 무엇일까. 아무리 생각해도 모르겠다. 있다손 치더라도 그게 나에게 남아있기나 한 걸까.

장모님이 야채죽을 쒔는데 세 숟갈을 못 뜨겠다. 구토 증세가 다시 일었다. 문득 사르트르의 《구토》가 생각난다. 부조리한 세상에서 존재의 무상성을 느낄 때마다 구토를 하는 주인공 로캉탱이 떠오른다. 차라리 내 구토의 원인도 그거였으면 좋겠다.

침대에 누워 있으니 마음이 불안해진다. 얼마만의 결근인가. 15년도 넘은 거 같다. 20년 교직 생활에서 두 번째 결근을 하고 말았다. 7반 아이들은 시험 진도도 다 못 나갔는데 걱정이 된다. 경순이 형, 혁석이 형과 점심 약속이 있는데 마음이 무겁다. 나빼고 식사하라는 문자를 보냈다. 미안한 마음이 든다.

아이들이 시험공부는 잘하고 있는지 모르겠다. 아이들 면면을 분석하여 생활기록부도 써야 하는데 걱정이다. 돌이켜보면 크고 작은 일이 참 많은 일 년이다. 아이들 보는 것도 두렵고 자신이 없다. 남은 기간 내가 그들에게 무엇을 해줄 수 있을지 모르겠다. 담임으로서의 존재 의미가 있는지 모르겠다. 솔직한 심정이다. 심신의 에너지가 소진돼 말라버린 느낌이다. 거실 소파에 기대어 앉아 눈 내리는 포도 위를 달리는 차량을 물끄러미 바라본다. 메마른 바람이 가슴을 덮는다.

그래도 철석같이 믿고 싶은 아이들의 얼굴이 스친다. 하나, 둘, 셋… 부질없는 짓이다. 이해할 수가 없다. 백번 양보해도 답이 보이지 않는다. 소통의 부재, 기대치와 서로가 바라보는 방향이 달랐다고 치는 것이 적절한 판단일지 모르겠다. 그래도 왠지 마음이 씁쓸하다. 솔직히 서운하다. 기차가 빠져나간 터널 안 같다. 휑하니 빈 터널 속에서 길을 잃은 형국이다.

모두가 내 탓이다. 무슨 구구한 변명이 필요하겠는가. 내가 짊어지고 가야 할 질곡이다. 인정해야 한다. 아쉬움이 남지만,

인생사에는 능력 이외의 부분이란 게 있지 않는가. 그렇게 자위하고 싶다. 다시 창밖으로 시선을 돌린다. 한 사내가 얼굴을 무릎에 파묻은 채 울고 있다. 내면 깊숙이 응어리진 채 도사리고 있는 울음을 죄다 토해내 버리고 싶다. 그뿐이다. 내 생의 즐풍목우(櫛風沐雨), 바람으로 머리를 빗고 비로 목욕하는 심정으로 마음을 정리해야겠다.

대입의 관문에 선 제자들에게

수능은 끝났다. 그러나 이제부터 시작이다. 지난 3년 동안 대입 수험생으로 온갖 마음고생 다 하며 노심초사 살아온 너희들의 그 열정과 고뇌를 높이 평가한다. 놀토의 달콤함과 은밀한 탈선의 유혹도 뿌리치며 대입이라는 인생의 첫 번째 통과의례를 슬기롭게 극복해 가는 너희들이 무척 자랑스럽다. 열정은 고뇌를 낳고, 그 고뇌는 성숙이라는 달콤한 열매를 선사하는 법. 그래서 너희들의 고뇌에 찬 삶이 내게는 더욱 묵직하고 의미 있게 다가온다.

만남은 늘 새로운 의미를 낳곤 했는데 벌써 마무리할 시간이 다 되어가는구나. 아침 일찍부터 늦은 밤까지 책과 씨름하며 자기 자신의 능력을 시험하던 너희들. 그때마다 선생님은 '동행'이란 단어를 떠올리곤 했단다. 무료하고 정처 없는 인생길에 등 두드려 주고 함께 어깨동무할 수 있는 벗들이 있다는 건 다행스러운 일이다. 입시생이라는 감당키 어려운 굴레를 둘러메고, 힘겹지만 꿋꿋하게 견뎌온 너희들이 무척 대견스럽고 고맙다. 누군가가 가끔 삶의 의미를 물어올 때가 있다. 그때마다 나는 부끄럽지만 서슴없이 "내 삶의 존재 이유는 아이들"이라고 힘주어 대답한다. 그런 의미에서 너희들은 내 인생의 든든한 지기(知己)란다. 멘토(mentor)이면서 때로는 멘티(mentee)가 되어 인생의 수레바퀴를 함께 굴리며 진정한 인간으로 탈바꿈하는 너희들이 자랑스럽다. 십 대를 마감하는 한 해. 그 깊은 의미만큼이나 몸과 마음이 훌쩍 자란 너희들을 바라보노라면, 헤어짐의 아쉬움도 없지 않지만 조금 더 튼실해진 인연의 실타래를 마음의 위안으로 삼고 싶다.

인생에 있어서 대입을 준비하는 고등학교 시절은 터널 속이란 생각을 해본 적이 있다. 앞이 보이지 않는 어두컴컴한 공간에서 바깥세상의 밝음을 지향하는 행위 속에는 분명 중요한 의미가 있다. 그런 면에서 고등학교 시절을 '터널 속에서의 길 찾기'라 부르고 싶구나. 선생님이 보기에, 이제 너희들 앞에는 눈부신 환희와 광명이 기다리고 있다. 터널 밖 광명의 세계가 가치 있고 소중한 건 다름 아닌 터널 속에서의 방황과 고뇌와 노력 덕분이겠지. 그 소중한 가치들을 새롭게 펼쳐지는 너희들 삶의 자양분으로 삼기 바란다.

스무 살! 이제는 새로운 눈과 열린 사고로 세상을 조망하기를 바란다. 피교육자의 위치에서 벗어나 자유의지를 갖고 진취적인 자세로 자신의 삶을 엮어 가기 바란다. 비전과 노력이 뒷받침되지 않는 삶은 곧 무덤이다. 개인이 추구하는 세계가 다 다를 수밖에 없지만 분명한 것은 미래에 대한 확고한 비전과 실천적 노력이 함께 할 때 성공적인 자신의 세계를 만들어갈 수 있다는 사실이다. 성공적인 인생은 정신과 육신이 조화를 이루고 미래와 현재가 공존하는 가운데서 그 의미를 발견하고 가치를 발현하는 삶이다. 즉 망원경적 두뇌로 미래를 전망하면서도, 육신은 현실에 기초하면서 실천 중심의 현미경적 사고에 토대를 두어야 한다.

열심히 노력한 자가 성공의 열매를 차지하는 법이기에, 나는 너희들의 미래에 많은 기대와 희망을 건다. 우리네 삶에 있어, 열심히 사는 것보다 잘 사는 게 더 중요하다고 하지만 나름대로 의미 있는 하루하루를 위해 내딛는 너희들의 발걸음에서 옹골찬 성공시대를 엿볼 수 있단다. 그 걸음이 갈지자걸음이 아니기를 바라지만, 설령 진창에 빠지더라도 오뚝이처럼 벌떡 일어나 다시 터벅터벅 걸어 나올 수 있는 용기와 예지를 갖기 바란다.

이제, 길고 어두운 터널의 마지막 출구 앞에 선 사랑스러운 내 삶의 존재 이유들! 새로운 세상을 향한 그대들의 튼실한 날갯짓에 마음속에서 우러나오는 뜨거운 박수를 보낸다.

_2006년 충남시사신문 칼럼

사교육 광풍에 몸살 앓는 교실

매머드급 논술 광풍(狂風)이 거세게 몰아치고 있다. 논술이 강화된 서울대 2008 대입전형 골격이 발표되자 전국이 몸살을 앓고 있다. 사실 선다형 문제 위주의 수능으로는 학생들의 논리적 사고 능력을 변별해 내는 데는 한계가 있기 때문에 논술고사의 도입을 긍정적으로 평가한다. 그런데 새로운 입시 정책을 도입할 때는 그 제도가 몰고 올 여러 가지 파장을 고려하여 철저하게 검토하고 준비한 후에 실시해야 한다. 섣부른 접근이 오히려 더 큰 화를 부를 수 있다. 공교육을 정상화해야 한다는 목소리가 높은 마당에 사교육 열풍의 책임과 질책과 해법에서 결코 자유로울 수 없는 학교 현장은 골머리가 아플 뿐이다.

사실 논술이 전혀 새로운 평가 영역은 아니다. 문제는 서울대를 비롯한 여타 대학이 새로운 입시에서 논술 비중을 확대하고 통합논술이라는 새로운 유형을 적용한다는 점이다. 통합논술은 단순 언어 논술이 아니라 다양한 교과가 망라된 종합적 성격을 띠고 있다. 기존의 언어 논술은 언어적 독해 능력과 논리적 사고력만 갖추면 어느 정도 해결할 수 있었다. 그러나 통합논술은 단순한 언어 논리만으로는 해결할 수 없다. 실제 통합논술 예시 문항을 접한 현장 교사들과 학생들이 느끼는 체감 난이도가 너무 높아 7차 교육과정의 수업을 제대로 받은 학생들이 해결할 수 없다는 점이 문제다. 통합논술 대처 능력을 기르지 않고는 자신이 원하는 상위권 대학에 갈 수 없다. 따라서 학생들이나 학부모들은 논술 비중의 확대에 불안해하며 나름대로 대처 방안을 강구하다 보니 사교육의 열풍이 강하게 불고 있다.

이러한 사교육 열풍을 학교에서의 지도 능력 부재나 학부모들의 지나친 성화와 대응으로만 돌릴 수는 없다. 지금의 상황대로라면 전문적인 준비와 투자를 하고 있는 논술학원 수강이나 논술 과외를 받는 것이 절대적으로 유리할 수밖에 없다. 2008 입시안 발표 이후 사교육의 열풍이 태풍으로 바뀌는 이유가 여기에 있다. 이런 상황 속에서 사교육의 유무는 출발선의 다름을 의미하며 그것으로 이미 대입의 승부가 가려진 것이나 다름없다. 마치 마라톤 경기에서 맨발로 뛰는 상황과 최고급 기능성 런닝화를 신고 뛰는 경우와도 같다. 결국 대입은 논술에 집중되는 경제력에 의해 좌우될 수밖에 없다. 부유층의 자식이나 수준이 고르게 높은 특수목적고 학생들에게 절대적으로 유리한 상황이다. 수도권 일반계 고등학교나 지방 학생들의 경우, 성적 편차가 너무 크기 때문에 최상위권 학생들에게 초점을 맞춰 수업을 진행할 수가 없다. 공교육이 교육의 형평성과 기회의 균등을 저버릴 수는 없다.

따라서 인재 선발에 대한 대학 측에는 발상의 전환이 필요하다. 실제로 대학의 기대치와 학교 현장의 상황이 사뭇 다르다. 소위 일류대학들은 잠재 능력은 물론이고 창의적 사고능력과 다양한 특기를 갖춘 인재를 요구하고 있다. 사실 대학에서 원하는 그런 학생들은 완전무결한 전인(全人)에 가깝다. 교육이 무에서 유를 창조하고 미완성에서 완성을 추구하는 발전지향적인 과정임을 감안한다면, 잠재 능력과 기초적인 지적 능력을 갖춘 학생을 데려다가 완전한 인재를 만드는 것이 대학 본래의 역할이고, 그런 대학이 일류대학이라고 생각한다. 유치원부터 고등학교까지 기본 골격을 만들고 살을 적절히 붙여 대학으로 올려보내면 대학에서는 골격과 체형에 맞는 다양한 디자인의 옷을 입히고 표정을 만들어 독특한 개성과 스타일이 살아나는 완성품을 만들어야 하는 것이 아닌가? 미성숙의 단계에 있는 학생들에게 너무 많은 것을 요구하는 것은 가혹하다. 대학의 책무성을 다시 한번 주문하고 싶다. 유연한 사고와 발상의 전환이 필요한 상황이다.

사교육의 열풍을 잠재울 현실적 방안을 제시하자면, 우선 정상적인 교육과정에 충실한 학생이 자신 있게 논술평가에 임할 수 있도록 쉽게 출제해야 한다. 일반적인 선다형 평가와는 달리, 논술은 평이한 논제라도 학생들의 사고 전개 과정이 다양하게 나타난다. 학생들이 수업 시간에 배운 내용에 그들의 관심사와 경험의 폭을 조합한 문제를 출제하면 더욱 친근감이 느껴지고 체감 난이도가 낮아질 것이다. 대학에서 요구하는 창의적인 사고능력은 난이도의 정도가 아닌 논리성의 유무로 변별되는 것이다. 문제의 난이도가 높아야 논리성과 창의성을 변별할 수 있다는 생각은 지극히 편의적인 발상이다.

또한 논술의 반영 비율을 낮추어야 한다. 논술평가에 있어서 창의적 사고 능력을 측정하는 것은 쉽지 않다. 논제에 대해 정해진 답이 없는 상황에서 평가자의 주관적 견해에 따라 점수가 매겨질 수밖에 없다. 한 학생의 답안에 대한 몇몇 교수의 주관과 가치에 따라 채점 결과가 크게 달라진다면 어떻게 평가의 객관성과 신뢰성을 담보해 낼 수 있단 말인가?

그리고 무엇보다도 중요한 해법은 일선 교육 현장에서 논술을 가르치는 교사들의 의식 전환이다. 오지선다형 수능 문제를 통해 논리적 사고력의 향상을 기대하기는 어렵다. 단순 암기 및 이해 수준의 수업 모델에서 탈바꿈해야 한다. 다행히 최근 들어 학생의 능력을 고려한 수준별 수업이나 선택형 방과후수업을 통해 학생 활동 중심의 교수-학습 모형으로 바뀌고 있다. 학생들이 스스로 문제를 해결해 보거나 자신의 의견이나 느낌을 조리 있게 표현하고 발표하는 공유의 장을 제공해야 한다. 그렇게 함으로써 사고의 확산과 전이를 유도하고 자기주도적 학습으로 문제해결 능력이나 논리적 사고 능력의 신장을 꾀할 수 있다.

한편, 대학 측이 교사를 대상으로 한 연수를 확대해야 한다. 이미 몇 개 대학에서는 고교 교사를 대상으로 한 논술 지도 연수를 준비 중이다. 일회성이 아닌 지속적이고 체계적인 연수가 필요하다. 사이버 원격 연수 형태가 바람직하다고 본다. 또한 비교적 성공적인 모습을 보여주고 있는 e-learning 시스템처럼 사이버 논술 강좌 동영상을 학생들에게 한시적으로 제공함으로써 논술의 방향을 제시해 주어야 한다. 이 밖에도 대학이 학교나 학부모들을 상대로 입시 설명회나 보고회를 가질 필요가 있다. 또한 논술문제 출제 시 현장 교사들을 출제위원이나 검토위원으로 참여시키는 것도 하나의 방법이라고 본다.

공교육의 질은 어느 한쪽의 노력만으로 높아질 수 없다. 사교육의 열풍을 해소하기 위해서는 대학과 일선 학교 현장이 유기적인 소통구조를 갖추고 함께 노력하면서 상호 신뢰와 교감을 형성해야 한다. 논술 능력이 하루아침에 이루어지지 않는 것처럼 논술 지도 능력도 단기간의 준비로 갖춰지는 것이 아니다. 학교가 논술 지도에 관해 체계적으로 계획을 세우고 준비한 후에 실시해도 늦지 않다. 그래야만 공교육의 질적 제고 및 그 위상을 높일 수 있다. 내신과 수능, 여기에 논술까지 겹친 삼중 감옥에서 아침 일찍부터 늦은 밤까지 고생하는 아이들. 이제는 그들의

어깨를 짓누르고 마음을 옥죄이는 질곡(桎梏)을 풀어주는 지혜를
함께 모아야 할 때다.

_2006. 10. 16. 세계일보 칼럼

위기의 시대, 교육의 정도(正道)

엘리엇(Thomas Stearns Eliot)은 노래했다. 전쟁의 포화로 얼룩진 인간들의 가슴은 아직도 춥고 메마른 절망의 계절인데 박토에 뿌리를 내리고 꽃을 피우는 라일락이 너무도 잔인하다고. 지극히 역설적인 표현이면서도 오늘을 사는 우리에게 시사하는 바가 자못 크다. 입시 위주의 교육 현장에 교원평가제 도입 등 신자유주의 무한경쟁 원리가 우리 교육의 메커니즘 속을 깊숙이 파고들고 있다. 교육자로서의 절대적 위기감이 감도는 상황에서 과연 우리 교사들은 어떤 마음과 자세로 교단을 지켜나가야 할지 혼란스럽기만 하다. 혼재하는 교육적 가치 체계 속에서 왕도는 아닐지라도 분명 정도는 있을 텐데, 답답한 마음을 감출 수 없는 게 솔직한 심정이다. 한 치 앞을 분간할 수 없는 안개 속에서 진정 우리는 어디에다 시선을 두어야 할 것인가?

십여 년 전, 중학교에 근무할 때 자별하게 지내던 한 교사가 있었다. 독실한 크리스천인 데다 아이들에 대한 열정이 대단한, 참으로 배울 바가 많은 교사였다. 가끔 스스로를 자책하며 그를 존경하는 한편 때로는 부러워하기도 했다. 어느 해인가 같은 학년 담임을 했는데, 유독 그 반만은 탈선하는 말썽꾸러기가 없었고 공부도 1등을 독차지했으며, 각종 불우이웃돕기 및 바자회에서도 열성적이면서 독보적인 반응을 보였다. 그 비법을 물어보아도 그 선생님은 그냥 '껄껄껄' 웃기만 했다. 그러다 그 선생님이 중간에 다른 학교로 발령이 나 전근을 갔다. 문제는 그 후에 나타났다. 태풍과 장마로 인해 엄청난 고통과 실의에 빠진 수재민 돕기 성금 모금이 있었는데, 놀랍게도 그 반에서 모금한 돈은 단돈 몇천 원에 불과했다. 물론 다른 반들은 모두 수만 원대의 액수가 모였고 심지어는 십만 원이 넘은 반도 있었는데 말이다. 게다가 가을이 깊어지면서 그 반에서 하나둘 탈선하는 학생이 늘더니 급기야는 2명의 학생이 동시에 가출하는 사태까지 벌어졌다. 그 반 후임을 맡았던 선생님은 몹시 곤혹스러워했고 동료 교사들도 몹시 의아해했다. 그 일은 그때까지 확실한 교육관을 정립하지 못하고 있던 나에게 큰 충격이었고, 교사로서의 가치관을 형성하는 데 있어 많은 생각을 하게 했으며, 또한 실제로 큰 깨달음을 얻은 것 또한 사실이다. 메마른 박토에 스며들어 생명력을 충원하는 보슬비처럼, 아이들의 가슴과 머리를 지배할 내면의 가치를 자발적으로 그리고 서서히 채워나가게 해야 한다는 생각이 들었다. 가르침은 결코 그 어떤 수단이 될 수 없고 가르침 그 자체가 목적이어야 한다는 사실을 절실하게 느꼈다. 이런 경험은 교단에 서본 교사라면 누구나가 한두 번씩은 다 겪었을 것이다.

이 땅에 존재하는 교사라면 누구나 아이들 앞에 서서 아이들에게 나름대로 관심과 열정을 보이게 되는데, 이러한 교사의 유형을 크게 다음과 같이 세 가지로 나누어 본다.

그 첫째는 목동형 교사다. 이러한 교사는 해가 뜨면 양떼를 몰고 드넓은 초원으로 나간다. 양들이 마음껏 초원을 누비며 풀도 뜯고, 물도 마시고, 낮잠도 자고 때로는 그네들끼리 싸우거나 철망을 넘기도 한다. 그래도 별로 신경을 쓰지 않고 저녁이면 아무런 걱정 없이 양들을 몰고 축사로 돌아와 하루를 마감한다. 아이들의 개성을 인정하고 자율 의지를 심어줄 수 있는 데 비해, 자칫 그들을 방임해 부정적인 결과를 초래할 수도 있다.

둘째 유형은 목수형 교사다. 목수는 목재를 정확히 측정하고 자른 다음에 주어진 틀에 맞게 잘 짜 맞추어야 한다. 물론 단 한 치의 오차라도 생기면 그 물건은 물건으로서의 가치를 상실하게 된다. 엄격한 통제와 틀에 박힌 생활을 요구하는 터라 아이들이 한눈을 팔지 않는다. 장기적으로 질서와 규율을 지키는 준법적 인간을 육성한다는 장점이 있다. 그런데 당장에는 아무런 문제가 없는 듯하나 아이들의 개성과 능력을 제대로 살리지 못하고 교사 일변도의 정해진 길로 몰아가 타율적인 인간으로 변모할 소지가 다분하다.

그 마지막은 농부형 교사다. 아침부터 저녁 늦게까지 곡식들이 잘 자랄 수 있도록 잡풀을 뽑고 김을 매 준다. 또 해충들을 잡아주고 가뭄이 들거나 장마가 지면 적절하게 물의 양을 조절해 준다. 그야말로 정성을 다해서 벼를 키운다. 비교적 아무 탈 없이 무럭무럭 잘 자라지만 태풍이 몰아치거나 심한 가뭄이 닥쳤을 때 스스로 헤쳐 나갈 수 있는 지혜와 능력의 유무가 관건이다.

돌아보면, 같은 교단에 서는 교사들인데도 여러 유형으로 나누어지는 것을 볼 수 있다. 학급 운영 방식이나 교수 방법이 제각기 다 다르고 학생들과의 생활이나 주어지는 문제에 대한 대처 방식이 제각각이다. 교육에는 왕도가 없는가 보다. 40명 학생들의 개성과 가치관이 다 다르고 또한 자라온 가정환경이나 생활양식이 제각각이기 때문에 교사 혼자서 그들 각자에게 부합되는 교육을 하기란 쉽지 않다. 학생들과의 세대 차이, 동료 교사들과의 교육관 차이, 관리자들과의 상호 교감 등 점점 삭막해지는 교육환경 속에서 사도의 길을 걸으며 참교육을 실천하고 자리매김한다는 것이 점점 더 어려워져 가고 있는 것이 사실이다.

그러나 이런 때일수록 보다 중요한 것은 학생과 교사 간, 교사와 교사 간, 또 교사와 관리자 간의 열린 사고와 마음의 교류로 가슴을 열고 함께 느끼고 이해하며 공감대를 형성하고 그 범위를 넓혀 나갈 수 있는 지혜가 필요하지 않을까? 어려운 시대일수록 함께 머리를 맞대고 돌파구를 찾으려 할 때, 또 그러한 노력이 그래도 아직은 우리 기성세대들보다는 더 깨끗하고 더 순수한 아이들 마음의 눈에 비칠 때, 우리가 바라는 가르침의 목표가 조금씩 표면화되고 가시화되지 않을까 생각한다.

첫술에 배부를 수 없는 것이 바로 교육이다. 우물에서 숭늉 찾듯이 조급한 마음으로 성급하게 결과를 기대하기보다는 아무런 대가 없이 순수하고 진실한 관심과 사랑으로 함께 노래하고 어우러져 어깨동무를 할 때, 눈보라 치는 척박한 동토일지라도 아이들의 가슴에서는 따뜻하고 훈훈한 향기가 피어나리라고 확신한다. 진정 중요하고 가치 있는 것은 마음으로만 볼 수 있는 법. 아무리 어느 누가 뭐라 해도 교사는 교사로서의 정체와 역할이 있고 가르침은 가르침으로서의 순수 목표가 존재하기 마련이다.

어려운 시대일수록, 교육의 전문가라 자칭하는 사람들이나 교육 관료들이 위기의 교육 운운하며 제멋대로의 잣대를 들이대며 열변하는 탁상공론식의 주장이 난무한다. 사공이 많아 더 어지럽고 혼탁해지는 느낌이다. 그렇지만 현장 교육의 최전선에서 중심을 잃지 않고 아이들과의 눈높이를 조절하며 교단을 지키는 우리 현장 교사들의 묵묵한 정진을 그려본다. 문득 학창 시절 철학 시간에 배운 사르트르의 말이 새삼 떠오른다.

"실존은 본질에 앞선다."

만족론(滿足論)

　우리가 흔히 사용하는 말에 '만족(滿足)'이란 단어가 있다. 한 자어인데 가득할 만(滿)에 특이하게도 발족(足) 자를 쓴다. 발을 넘치게 가득 채우면 만족하다는 뜻인가. 조금은 의아스럽고 고개가 갸우뚱해진다. 그래도 그 의미를 곰곰 생각해 보니 한 어휘 속에 인생의 깊은 교훈과 진리가 담겨 있음을 금세 알 수 있다. 삶에서의 만족은 언제 어떤 상황에서 어느 정도일 때 느끼는 것일까. 자신이 하는 일의 결과가 100퍼센트 달성되었거나 목표 이상으로 채워졌을 때 흔히 대만족(滿足)이라고 한다. 그런데 과연 인간의 욕심에 한계가 있을까. 그 대상이 음식이든 돈이든 아니면 지위나 명예든 아흔아홉 개를 가졌으면 나머지 한 개를 더 욕심내는 존재가 바로 인간이지 않은가. 말 그대로 목울대를 넘어 정수리 끝까지 채워야 비로소 만면의 미소로 만족감에 젖어드는 게 우리네 모습이다.

　그런데 만족(滿足)이란 어휘는 목이나 머리끝이 아니라 겨우 발을 덮을 정도면 충분하다고 말하고 있다. 그 정도에 손을 털고 미소 지으란 뜻인가 보다. 인간의 끝없는 욕심과 채움을 경계하는 깊은 의미를 담고 있는 말이다. 만족에 담긴 함의(含意)를 생각해 보니 우리네가 너무 채우고 빼앗고 소유하는 데만 경쟁적으로 혈안이 되지 않았나 싶다. 머리끝까지 채우는 게 아니라 발만 덮고 나머지는 다른 이를 위해 남겨두고 나누고 양보하는 미덕을 발휘하면 어떨까. 그런데 만족의 대상이 비단 물질적인 것뿐만 아니라 눈에 보이지 않는 정신적인 측면도 모두 마찬가지란 생각이 든다. 사랑과 우정도 그중 하나이리라.

　지금껏 나는 사랑을 할 때 상대에게 더 많이 받으려 하고 나의 부족한 부분을 상대가 채워주고 허전한 마음을 상대에게 위로받으려고만 했던 거 같다. 성경 사도행전의 말씀처럼 주는 것이 받는 것보다 더 행복하다는 평범한 진리를 외면하고 살았다. 나눔이 삶의 만족이고 행복이란 걸 미처 몰랐다. 후회스럽다. 나의 욕심과 이기로 인해 떠나간 사랑이 그렇고, 한 번 더 다독거리고 품었더라면 한몫의 인간으로 성숙했을 아이들이 그렇고, 빚보증으로 인한 부도의 두려움에 친구 간 우정을 버렸고, 병든 아비를 오 남매간 등쌀로 떠나보내지 않았는가.

　이 가을, 사랑에 대해 생각해 본다. 내 곁을 떠나간 사랑을 되돌릴 수 없기에 아쉬움이 더 크다. 미련이 앞을 가린다. 후회해 봤자 소용없다는 사실이 더 마음 아프다. 이제부터라도 받으려 하기보다는 나누고 채워주는 미덕을 보이며 살고 싶다. 아니 그렇게 살아야만 이제까지의 과오와 탐욕에 대해 용서받을 수 있을 것이다. 나의 지나친 욕심과 소유욕이 빚어낸 이기심 때문에 상처받은 사람들을 생각하니 고개가 숙여진다. 용서를 빈다.

오늘 아침 출근길에는 나를 반기는 길가의 나무와 이름 모를 들꽃에게 살가운 시선과 미소를 던지며 하루를 시작해야겠다. 아이들의 눈빛 하나하나도 마음에 담아두어야겠다. 나로 인해 눈물과 불면의 고통을 겪었던 사람들을 위해 고해성사를 바친다. 아직도 내 가슴 깊이 자리 잡고 있는 소중한 사람들의 안위와 미소와 하루의 무사함을 위해 두 손을 모은다. 베푸는 삶의 절대가치인 사랑을 가슴에 담는 삽상한 가을 아침이다.

가난하지만 행복한 아이들

"오빠, 원 달러!"

"언니 예뻐요, 원 달러 주세요."

캄보디아 시엠립에서 20여 분을 달려 톤레삽 호수 입구 마을에 도착한 우리들을 반긴 것은 다름 아닌 어린아이들이었다. 팬티조차 입지 못한 전라의 아이들을 비롯하여 대부분의 아이들은 바짝 마른 체구에 입성마저 후줄근해 보는 사람의 마음을 안쓰럽게 만들었다. 우리나라의 원두막 같은 곳이 톤레삽 호숫가에 사는 사람들이 기거하는 집이다. 그 집에서 10여 명의 식구들이 생활하고 있었다. 마치 우리나라 오륙십 년대의 모습을 보는 듯했다. 우리 일행을 실은 배는 퀴퀴한 생선 비린내가 코를 찌르는 선착장을 출발하여 황톳빛 가득한 톤레삽 호수를 향해 돌진하기 시작했다.

배 안에는 선장 외에 남자아이 둘이 선장의 뱃일을 돕고 있었다. 나이를 물어보니 열 살이고 초등학교 3학년이라고 했다. 학교에 가지 않은 이유를 묻자 돈을 벌기 위해서라며 방긋 웃었다. 가무잡잡한 피부 사이로 드러나는 새하얀 이가 해맑은 미소와 어우러져 순수함을 더해주었다.

그때 우리 동료가 그들 중 한 아이에게 초콜릿 하나를 건네자 고맙다고 눈인사를 하며 동료와 나누어 먹는 것이었다. 비록 피부는 검고 청결해 보이지는 않았지만, 나를 바라보는 눈동자만큼은 티 없이 맑고 깨끗했다. 그 눈동자 속에 어리는 마음은 더욱 따뜻해 보인다. 그들을 바라보던 나도 덩달아 흐뭇했다. 그때 어디서 나타났는지 열대여섯 살 정도 돼 보이는 소녀가 음료수를 권하며 '원 달러'를 요구하기 시작했다. 몇 번을 거절하다가 뱃일 돕는 아이들을 주려고 두 개를 사서 하나씩 나누어주었다. 그러자 한 아이는 고맙다며 바로 캔 뚜껑을 따서 마시는데 나머지 아이는 먹지 않고 그냥 손에 든 채 있기에 물어보았다. 집에 있는 동생에게 주려 한다며 겸연쩍어했다. 비록 먹을 것이 넉넉하지 않고 가난해서 학교에 갈 형편도 못 되지만 때 묻지 않은 마음은 드넓은 톤레삽 호수를 닮아있었다.

길이가 삼백 킬로미터가 넘는 톤레삽 호숫가에 사는 사람들의 삶은 가난 그 자체였다. 톤레삽 호숫가의 주민들은 캄보디아 원주민들이 다수를 차지하고 있는데, 월남 통일 이후 사회주의 체제를 견디지 못하고 탈출한 보트피플들이 이곳으로 대거 이주해 와 정착했다고 한다. 사람들은 주로 호수에서 고기를 잡아 팔아 생필품을 구입해 살아가고 있었다. 그들은 진흙 빛 탁한 물에 목욕을 하고 빨래도 하고 또 그 물을 식수로 사용한다고 했다. 그래도 그들은 큰 걱정 없이 무탈하게 하루하루를 만족하며 산다는 가이더의 말을 들으며, 물질적 풍요가 행복의 중요한 조건임을 부정하지 않고 살아온 내 의식이 물질과 정신의 가치 사이에서 혼란에 빠져들고 있었다.

캄보디아보다 경제 수준이 훨씬 높은 우리나라 국민의 행복지수는 세계 50위권 밖이라고 한다. 물질적 부의 측면에서 본다면 사회복지정책이 가장 잘된 스웨덴이 자살률 세계 1위라는 사실은 아이러니가 아닌가? 결코 물질적 가치가 행복의 절대 조건일 수는 없다. 캄보디아인들의 행복지수가 세계 3위라는 사실은 행복의 기준이 절대적일 수 없음을 다시 한번 생각하게 한다. 학교 문턱을 넘어보지 못한 아이들, 문화·문명의 혜택을 거의 받은 적이 없는 아이들, 디자인이 아름답고 화려한 고가의 옷과 명품 브랜드 신발을 전혀 모르는 아이들. 그런데 그들은 늘 웃는다. 함께 어우러져 깔깔거린다. 그들의 행동에는 여유가 있고 표정에서는 따뜻함이 묻어난다. 가슴과 어깨를 짓누르는 일상의 고통을 찾아볼 수가 없다. 어깨동무한 그들의 모습이 보기 좋다. 그것이 부러울 따름이다.

아침 일찍 등교해 일과를 마치고 영어에, 수학에 피아노, 미술 등 각종 학원을 전전하다 파김치가 되어 어둑해져서야 돌아오는 어린 학생들, 야간자습에 영어, 수학, 논술 등 각종 과외학습에 파묻혀 사는 우리 중고등학생들은 또 어떠한가? 게다가 해 괴망측한 0교시에 우열반이라는 마귀가 교육의 경쟁력을 핑계 삼아 준동하려 하고 있다. 새까맣게 멍들 우리 아이들의 가슴을 생각하면 답답하기만 하다. 우리는 흔히 물질적, 경제적 가치만 으로 삶의 행복을 단정해 버리는 경우가 많다. 중요한 것은 얼마 만큼 자발적 의지와 즐거움을 느끼며 자신의 삶을 꾸리느냐. 자신의 삶 속에서 갈등과 스트레스를 받지 않고 어느 정도 만족 감을 느끼는가가 관건이라고 본다. 즉 삶 속에서 발견하고 느끼 는 행복의 가치가 더 중요하다고 생각한다.

톤레삽 호수를 돌아 나와 선착장에 닿자, 언제 찍었는지 아 이들이 우리 일행들의 사진이 박힌 접시를 보여주며 '원 달러'를 외치고 있었다. 나는 미리 준비해 간 노트와 펜을 아이들에게 나 누어주었다. 서너 명이던 아이들이 금세 이삼십 명으로 늘어났 다. 저마다 손을 뻗으며 노트와 펜을 달라며 외치고 있었다. 노 트와 펜을 받은 아이들이 밝게 웃으며 좋아하는 모습을 보면서 이 아이들에게 배움을 선사할 수 있으면 얼마나 좋을까 하는 생 각을 했다. 그리고 더 많은 노트와 펜을 준비해 올 걸 하는 아쉬 움을 훗날의 기약으로 대체하며 다음 목적지를 향해 버스에 몸 을 실었다. 버스가 출발하자 손을 흔들며 아쉬워하는 아이들의 모습을 가슴에 담으며 눈을 감았다.

감당하기에는 너무나 폭폭한 학교·학원생활, 어린이 유괴, 성폭행 등 늘어만 가는 각종 범죄, 동료를 친구보다는 경쟁자로 인식시키는 삭막한 사회구조, 강요된 사회 속에서 넉넉함과 배려를 찾아보기 힘든 우리 아이들. 가슴과 어깨를 짓누르는 삶의 무게에 미소를 잃어버린 지 오래다. 우리 아이들에게 톤레삽 아이들의 해맑은 웃음을 돌려주어야 한다. 그들의 가슴에 넉넉한 여유와 삶의 행복을 안겨주어야 한다.

　　눈을 감으면 드넓은 톤레삽 호수, 그 배 위에서 동생에게 줄 사이다 캔을 꼭 쥔 채 해맑게 웃던 '하망'이라는 소년의 얼굴이 자꾸만 자꾸만 눈앞에 아른거린다.

_2008년

2장
내 삶의 든든한 뿌리

한 그릇의 쌀밥 앞에서

한 달 동안의 달콤한 여름방학을 끝내고 다시 일상으로 돌아왔다. 오랜만에 학교 식당에서 저녁을 먹었다. 모락모락 김이 피어오르는 눈이 부실 정도의 새하얀 쌀밥이다. 세상에서 가장 구수한 냄새가 밥 내음이라는 사실을 실감하는 순간이다. 개학 첫날의 바쁜 일상에 지친 오감이 스멀스멀 깨어난다. 두 눈을 자극하기에 충분한 백색의 유혹이다. 꼭꼭 씹어 삼키니 그렇게 달고 고소할 수가 없다. 새삼 느껴보는 흰 쌀밥의 꿀맛이다. 하루의 피로가 썰물처럼 달아나는 순간이다. 초근목피로 연명하던 가난한 시절, 조상들이 느꼈던 이밥(쌀밥)에 대한 간절함이 이런 게 아니었을까. 한 그릇의 쌀밥이 만들어준 행복한 저녁이다.

몇 해 전부터 당뇨가 심해져 결국 약을 먹기 시작했다. 할머니와 고모들이 당뇨로 고생한 것을 생각하면 집안 내력일지도 모른다. 아니다. 어려서부터의 지독했던 식탐이 빚어낸 결과일 것이다. 인간은 먹어서 죽는다는 말을 부인할 수가 없다. 결국 의사의 권유로 운동을 시작하고 쌀보다 잡곡이 훨씬 많은 잡곡밥을 먹어야 했다. 장모님은 사위 걱정에 쌀을 거의 찾아볼 수 없는 보리, 콩, 기장, 귀리, 흑미 등 귀한 잡곡이 그득한 밥공기를 지극정성으로 선사하신다. 사실 혼식이 건강에 좋을지는 몰라도 거칠고 찰기가 부족해 맛이 떨어지는 것 또한 사실이다. 오래 먹어보니 그렇다. 혹자들은 혼식이 더 맛있다고 할지 모르지만, 끼니마다 계속해서 먹어야 하는 사람의 고통을 알지 못한다. 어쩌겠느냐 탐욕이 불러온 형벌인 것을.

그러던 어느 날, 몸살기가 있어 계획했던 자습 감독을 다른 선생님에게 부탁하고 일찍 퇴근해 병원에 잠깐 들렀다가 집으로 갔다. 아내에게 미리 전화하는 걸 생각지 못하고 말이다. 집으로 들어서서 보니 식구들이 한창 저녁식사 중이었다. 하얀 쌀밥과 구수한 된장찌개 내음이 허기진 식욕을 자극했다. 허겁지겁 맛있게 밥을 먹다가 문득 깨달았다. 여느 때와 달리 잡곡밥이 아닌 하얀 쌀밥인 것을. 조금도 몰랐다. 구순을 바라보는 장모님을 비롯한 온 가족이 나 때문에 거의 매번 거친 밥을 먹었다는 사실을. 내 안의 이기적인 생각이 야트막한 경계조차 넘지를 못했다. 건강치 못한 사위, 남편, 아빠를 위한 가족들의 희생인가. 아니면 무심한 가장의 거역할 수 없는 무언의 압박인지도 모른다. 오랜만에 식욕이 돋는 쌀밥 앞에서 발가벗겨지는 내 민낯이다. 혼자만 생각해서 깨닫지 못한 인색함이자 사랑스러운 가족에 대한 미안함이다. 정말로 깊이 느껴보는 부끄러운 자화상이다.

  배부르고 부유해지면 어려운 시절을 잊는다는 말이 틀리지 않았다. 아픈 상황에 처하니 한치 옆을 바라보지 못한다. 생각의 그릇도 그만큼 짜그라졌으니 말이다. 잃어버린 건강이, 새하얀 쌀밥이 내게 주는 준엄한 경고이자 가르침이다. 넘칠수록 탐욕을 경계하라는, 절박할수록 곁을 돌아보라는.

오감에 관한 삽화(揷話)

"만둣국 간은 오빠가 보는 게 좋겠어. 엄마는 요즘 입맛이 많이 무뎌지셨어."

주말을 맞아 고향엘 다녀왔다. 서울 사는 막내 여동생이 산후조리 겸해서 시골집에 내려와 있다기에 식구들 모두 원주 고향 집엘 갔다. 모처럼 만에 아들 며느리 손자 손녀를 위해 맛있는 저녁을 준비하는 엄마의 손길이 바쁘다. 그 옆에서 식사 준비를 돕던 막내 여동생의 말을 듣고, "아무렴 어떠니, 엄마가 해주시는 건 다 맛있어. 오십 년 종갓집 며느리 솜씬데 어련하시겠니" 하고는 이제 막 옹알이를 시작한 어린 조카의 재롱에만 시선을 던지고 있었다.

오월이다. 삶의 울타리인 부모님을 돌아보고 가족의 존재를 생각하는 계절. 돌아보면 소중한 식구들과 함께 살아오면서 몸과 마음으로 체득한 생의 감각들이 떠오른다. 내가 가장 소중하게 간직하고 있는 추억의 편린들이다. 진정 아름답게 각인된, 평생토록 지워지지 않을 오감(五感)이다. 그것은 또한 내 삶의 선명한 흔적이자 증표들이다. 가슴까지 스며드는 구수한 밥 내음, 이

마에 와 닿던 아버지의 따뜻한 손, 온몸의 촉수를 긴장시키며 뼛속으로 파고들던 아내의 속울음, 눈을 감으면 하얗게 떠오르는 아름다운 아내, 여기에 세계 최고의 요리사가 선사하는 입맛이 바로 내 삶을 살지게 하는 다섯 가지 감각들이다.

유년 시절, 동네 아이들과 들판을 뛰어다니며 삶의 영역을 넓혀가다가 세 번째 밥을 먹을 시간이면, 꼬리를 길게 늘어뜨린 저녁 그림자를 등에 업고 집으로 돌아오는 게 일과였다. 그러면 엄마는 무쇠솥에 저녁밥을 짓고 계셨다. 허기를 참지 못해 엄마를 채근하면, 엄마는 늘 "서두른다고 밥이 되는 게 아니야. 뜸이 들어야지" 하며 활활 타오르는 아궁이 속에 장작을 두어 개 더 넣으셨다. 그때 그 붉은 장작 불빛을 받아 발그레해진 내 젊은 엄마의 모습은 참 예뻤었다. 이윽고 엄마가 솥뚜껑을 열면 하얀 김과 함께 밥 내음이 가슴 가득 스며드는데, 그 구수함을 잊을 수가 없다. 오랜 추억이 더 아름답듯, 생에 눈 뜨면서 맡아온 밥 내음이 가장 은은한 삶의 냄새가 아닌가 싶다. 가끔 학교 식당에서도 그 냄새를 맡을 수 있다. 하지만 어린 시절에 맡던 그 밥 내음과는 왠지 느낌이 다르다.

어릴 때부터 기관지가 약했는데 특히 편도선염을 자주 앓았다. 편도선이 부으면 고열에 목이 심하게 아프고 음식을 삼키기가 쉽지 않았다. 여덟 살 무렵의 어느 겨울밤, 편도선염이 심해 온몸이 불덩이 같았다. 고열에 정신까지 혼미한 상태였다. 그런데 내 아버지가 눈보라 치는 이십 리 시골길을 자전거로 달려가 해열제를 사 오셨다. 식은땀을 흘리며 신음하던 어린 아들을 근심 가득한 표정으로 내려다보시며 불덩이 같은 이마에 손을 얹으시던 아버지. 지금은 내 곁을 떠나가신 아버지의 그 투박하고 거친 손에서 느껴지던 서늘하면서도 따뜻한 촉감을 잊을 수가 없다. 김종길 님의 〈성탄제〉가 내 이야기가 아닌가 싶다. 어쩌다 아들딸들이 감기에 걸려 열이 심하면 그 옛날 아버지가 되어 아이들의 이마를 짚어보곤 한다. 내가 몸이 아파도 아버지가 생각난다. 사무치는 그리움에 눈을 감으면 뜨거운 눈물이 쏟아져 내린다. 그리고 아버지의 손길이 이마에 와 닿는 환영에 젖는다. 아버지 쓰러져 의식 없이 지내던 삼 년 동안, 제대로 한 번 아버지의 거친 손을 잡아주지 못했다. 삶의 역경이 훈장처럼 새겨진 아버지의 주름진 이마를 따뜻이 쓰다듬지도 못했다. 참 많이 후회가 된다.

아이가 둘인데 첫째가 아들이고 둘째는 딸이다. 딸아이는 하느님이 우리에게 주신 최고의 선물이다. 내 생에 덤으로 얻은 소중한 자식이다. 아들과 딸은 일곱 살 터울이다. 그런데 그 두 녀석은 참 우애가 깊다. 엄마 아빠의 손길이 필요 없을 정도로 다

정다감하게 잘 지낸다. 아내는 큰아이를 순산한 뒤 세 번이나 유
산의 아픔을 겪었다. 특히 첫 유산 때에는 배 속의 아이를 칠 개
월이나 키운 상태였으니 충격이 이만저만이 아니었다. 나도 그
랬지만 아내의 슬픔은 말로 표현하기 어려웠다. 예산의 어느 산
부인과에서 수술을 받고 아내를 퇴원시켰다. 모든 어미의 마음
이 그렇듯, 넋 나간 표정을 짓기가 일쑤였고, 한밤중이면 이불
속에서 흐느끼는 아내의 속울음을 한 달이 넘게 들어야만 했다.
혈육을 잃은 육친의 절절함이 무엇인지를 처음으로 느끼는 순간
이었다. 이 세상 새끼 잃은 모든 어미의 마음이 그럴까 싶을 정
도로 생의 슬픔을 쏟아내는 단장(斷腸)의 피 울음 그 자체였다.
그것은 세상에서 가장 아프고 가장 고통스러운 절망의 소리였
다. 얼굴도 모르는 둘째 아이를 잃은 아비로서의 아픔을 가슴으
로 토해내던 〈기도〉란 제목의 절망적 언어가 있다.

기도

살아 마음을 나눈다는 건
서로의 가슴을 빌려
잠시 머물다
핏빛 상흔 남기고 떠나는 일이란 걸

영원히 사랑한다는 건

잿빛 하늘 맴도는 새를 보며

아득한 추락에 가슴 졸이며 사는 일이란 걸

둘째 놈 잃은

서른세 살 가파른 고갯길에서 알았다.

언젠가 아들딸들에게 아내가 유산한 얘기를 해준 적이 있다. 정상적으로 태어났다면 다섯이 누려야 할 형제간의 우애를 둘이 나눠서 그런지 남매간의 정이 무척 살갑고 도탑다. 딸아이가 세 살 때부터 제 오빠랑 한방에서 자곤 했는데 아직까지도 그러니 말이다.

아내랑은 같은 대학 같은 과를 나온 동기동창이다. 그러나 남들이 흔히 생각하듯 대학교 때부터 커플은 아니었다. 학교 때는 그냥 그런 친구로만 지냈다. 복직 발령을 받아 같은 학교에 근무하고, 같은 하숙집에서 한솥밥을 먹으며 정이 들어 아예 한 이불을 덮고 살다 보니 강산이 여러 번 바뀌었다. 아직도 우리는 친구처럼 편안하게 지낸다. 서로 이름을 부르고 격의 없이 반말을 한다. 때로는 삶의 엑기스와 감정이 묻어나는 진솔하면서도 격한 생활언어를 서슴없이 구사한다. 크게 한번 싸워본 적 없다. 뭐 그리 싸울 일이 없다. 다른 부부들 같으면 예민하게 따지고 싸울 문제도 '친구 간에 뭘' 하며 대수롭지 않게 여긴다.

그런데 센스가 부족한 탓일까? 아내가 미인이라고 생각해 본 기억이 없다. 아니 딱 한 번 아내가 예뻐 보였던 적은 있었다. 아내에게는 맞아 죽을 일이지만, 그 아름다운 모습을 소중히 간직하면서 갱년기의 무료함(?)을 나름의 인내심으로 견디며 살고 있다. 아내가 어렵게 둘째 아이를 낳고 몸조리할 무렵이었나 보다. 어느 날 밤, 세면장에서 아내가 머리를 수건으로 두르고 세수를 하고 있었는데, 아내의 새하얗고 긴 목덜미가 정말 눈이 부실 정도로 아름다웠다. 정신을 놓고 물끄러미 바라보던 나의 시선을 느꼈는지 아내도 뒤돌아 쳐다보며 무안한 표정을 지었다. 둔한 건지 솔직한 건지는 모르겠지만 그때 처음으로 아내가 예뻐 보였다. 세 번의 유산으로 몸과 마음이 지친 상태에서 오랜 기도와 소망 덕에 얻은 둘째를 어렵게 낳은 뒤였다. 그런 아내에 대한 미안함과 안쓰러움, 그리고 남편으로서의 고마움이 어우러진 마음의 발로였을 것이다.

엄마의 머리에 서리가 내리고 무릎도 헐거워졌다. 믿기지 않는다. 항상 기대고 싶고 안기고 싶은, 변함없이 아늑하고 푸른 언덕으로만 여기고 있었는데 말이다. 이제는 세월 앞에 엄마 머리도 하얘지고 관절도 헐거워져 오래 걷지도 못하신다. 그리고 입맛의 감각이 무뎌지신 탓인지, 그날 저녁 만둣국이 여느 날과는 다르게 심하게 짰다는 게 식구들의 공통된 반응이었다. 엄마도 그런 반응에 머쓱해하신 걸 보면 짜기는 짰던 모양이다. 그런데 내 입맛에는 엄마가 끓여준 만둣국이 전혀 짜지 않았다. 어린 시절부터 입에 밴 바로 엄마의 입맛 그대로였다. 막내 여동생의 말마따나 엄마의 입맛이 무뎌졌는지도 모른다. 하지만 그래도 상관없다. 객지에 사는 나를 한달음에 부르는 엄마의 정성이 담긴 밥상이면 그만이다. 왕후장상의 산해진미도 진수성찬도 필요 없다. 이십 년을 같이 산 아내도 모를 것이다. 고향길, 서너 시간을 운전하고도 전혀 피곤함과 지루함을 느끼지 못하는 건, 내 입맛을 살려줄 세계 최고 요리사의 손맛이 기다리고 있기 때문이란 걸.

아버지, 힘겨운 세상의 어진 달빛 같은

"먼 길을 갈 때는 달빛을 보며 가라."

이철환 작가의 장편소설 《눈물은 힘이 세다》 속 아버지가 할머니 병문안을 가는 밤길에 어린 유진에게 조용히 그러나 힘 있게 건네는 말이다. 밤길을 동행하던 달빛은 유진이 삶의 고비에서 힘겨워할 때마다 곁에 있어 준 아버지의 또 다른 이름이라 생각했다. 우리네 아버지들은 별로 말씀이 없으면서도 든든하게 자식들의 곁을 지켜주신다. 먼 항해에 지친 배들을 인도하는 등대와도 같은 존재요, 찬 바람을 막아주는 아늑한 뒷산 언덕이다.

작품의 마지막 장을 넘기며, 3년 동안 병석에서 고생하다 돌아가신 내 아버지 생각에 쏟아지는 눈물을 참을 수가 없었다. 내 어릴 적 아버지의 등은 참 넓었다. 아버지는 개울을 건너거나 고개를 오를 때도 흔들림이 없이 한결같은 보폭을 내디뎠다. 또 아버지는 맞바람을 받으며 걸었다. 그때는 잘 몰랐는데 지금 생각해 보니 그렇다. 아버지 등에 업힌 나는 바람의 한기를 전혀 느끼지 못했다. 오히려 재미있는 이야기를 듣다가 아버지의 체온을 느끼며 스르르 잠이 들곤 했다. 아버지의 등은 양지바른 풀밭처럼 아늑하고 편안했다. 아버지의 등은 나를 키우는 요람이요, 든든한 바람막이였다.

　작품을 읽는 내내 작가는, 인간은 혼자서는 살 수 없다는 평범한 진리를 일깨우고 있었다. 인간은 누구나 삶의 길에서 크고 작은 인연을 쌓고 발자취를 남긴다. 그러면서 인생의 커다란 궤적을 그려간다. 유진도 자기 삶 속에서 소중한 사람들을 만나고 도움을 받으며 인연을 만들어간다. 청춘의 열병과 성장의 아픔을 선사한 아련한 첫사랑 라라가 그렇고, 자신이 인생의 고비에서 흔들릴 때마다 앞길을 제시해 주던 시각장애인 아저씨를 잊지 못할 것이다. 또한 늦깎이 대학생에게 창작의 꿈을 심어준 지도교수도 빼놓을 수가 없다. 인생의 길에서 만난 다정한 길손들이다. 그러나 유진에게 그 누구보다도 가장 큰 힘이 되어준 사람은 바로 아버지다. 달빛처럼 말없이 용기와 격려를 해주시는 인생의 든든한 동반자다.
　유진은 아버지의 그늘 밑에서 세상을 알아간다. 밤하늘 달빛을 받으며 아버지와 함께 걷던 어린 시절, '먼 길을 갈 때는 달빛을 보며 가라'던 아버지의 말씀을 가슴에 간직하며 살아간다. 유진에게 아버지는 밤하늘의 달과도 같은 존재였다. 첫사랑 라라와의 만남과 이별, 가난 때문에 공고로 진학한 후 학창 시절 내내 마음의 상처를 보듬으며 성장의 아픔을 겪는다. 아버지는 그런 유진을 바라보며 아비의 역할을 제대로 하지 못하는 데 대해 미안해하며 가슴을 쓸어내린다. 가난 때문에 대학을 포기해야 하는 아들의 모습이 왜 안쓰럽지 않겠는가? 아버지는 늘 가족의 생계 앞에서 주눅이 들었고, 그때마다 술로 괴로운 마음을 달래야 했다. 어느 시인의 말처럼, 유진의 아버지가 마시는 술잔의 절반은 눈물이었을 것이다.

어린 시절 내 아버지도 속정이 깊었다. 힘겨운 일상에 술을 드시고 오는 날이 많았다. 그때마다 어린 아들은 말없이 아비 눈치만 살폈다. 무릎에 안겨 어리광 부릴 줄도 몰랐고 혼잣말로 한참을 읊조리다 힘없이 쓰러지는 아버지의 이부자리 한번 펴 드릴 줄 몰랐다. 그때 아버지는 쓸쓸한 전사였고, 들녘에서 방황하는 방랑자였다. 세월 흘러 몸만 다 자란 지금, 어쩌다 술 한잔하고 어린 시절 아버지로 돌아가면 어린 딸내미가 가슴을 파고들며 하루 동안의 제 세계를 쉴 새 없이 펼쳐 보인다. 제 아빠의 거친 수염도, 퀴퀴한 술 내음도 마다치 않은 채 말이다. 그런 딸내미를 볼 때면 찬바람이 밤새도록 들창문을 때리던 세월 너머 어린 시절, 그 쓸쓸했던 아버지의 품이 그립다.

가난하고 힘겨웠던 시대, 우리네 아버지들의 삶은 고달팠다. 아버지로 살아간다는 것은 드넓은 벌판에 홀로 서서 광풍을 막아내는 겨울나무에 지나지 않았을 것이다. 그래도 유진은 힘겨운 하루를 한 잔 술로 달래는 아버지의 축 처진 어깨를 바라보며 마음 아파하고 또 미안해한다. 그리고 고마움의 인사를 살가운 미소로 대신한다. 산업화 시대, 이름 없는 주역으로 밤길을 걷던 사람들, 우리 가슴에 각인된 아버지들의 슬픈 초상이다.

유진에게는 아버지 다음으로 또 한 사람의 소중한 인연이 있다. 앞을 못 보는 이웃집 시각장애인 아저씨다. 그는 유진이 어두운 세상의 터널을 통과하는데 앞길을 밝히는 등불이었다. 하모니카로 '클레멘타인'이나 '렛잇비'를 멋지게 연주하며 앞을 볼 수 없는 막막함 속에서도 매사 긍정적으로 살아간다. 방황하던 유진은 그런 아저씨의 모습에서 삶의 희망을 발견한다. 비록 아저씨가 앞을 못 보는 시각장애인이지만, 유진이 인생의 고비에서 흔들릴 때마다 제 앞길을 찾아갈 수 있도록 자상하게 인도해주신다.

"앞서가는 사람이 이기는 게 아니라 멀리 보는 사람이 이기는 거다."

아저씨는 유진에게 눈앞의 이익에 급급하지 말고 되도록 멀리 보는 법을 알려주는 시인이자 로맨티시스트다. 세상을 살다 보면 누구나가 다 힘겨워 주저앉아 버리고 싶을 때가 있다. 일어서기 위해 쓰러지듯, 아픔은 인간을 더욱 강하게 하고 새로운 꿈을 갖게 만든다는 걸 아저씨와의 만남 속에서 깨닫고 용기를 얻는다. 그런 면에서 시각장애인 아저씨가 유진에게는 아버지와 다름없는 또 다른 아버지요, 진정으로 믿음직스러운 멘토라고 생각한다.

나 자신도 아버지의 등에서 내려 제도권 교육을 받고부터 조금씩 세상을 배우기 시작했다. 홀로서기를 강요하는 시련 속에서 아버지가 살아온 발자취도 알게 되었다. 생각했던 것 이상으로 아버지의 삶은 힘겨웠다. 일찍 돌아가신 할아버지를 대신해 오 남매의 장남으로 농사를 지으며 어린 삼촌들과 자식들을 성장시켰다. 힘겨운 농사일에 이어 목공소 잡부일, 공장 수위, 미군부대 경비원을 거쳐 마흔 무렵부터 일용직 공무원 생활을 하시며 힘겹게 당신의 철부지 오 남매를 키워내셨다. 내 나이 스무 살이 넘어서야 비로소 아버지의 힘겨운 무르팍과 어깨를 짓누르는 삶의 무게를 알게 되었다. 나 또한 무한경쟁의 어두운 터널을 헤치며 한몫의 인간으로 거듭나고 있었다. 그때마다 아버지는 변함없이 내 곁에서 말없이 살가운 미소를 던지며 힘을 주셨다. 그러나 내가 아버지의 존재를 깨달으며 그 옛날의 아버지가 되어갈 때 정작 아버지는 더 이상 내 곁에 계시지 않았다.

작품을 읽는 내내 몸살을 앓았다. 다 읽은 후에도 한동안 미열이 가시지 않았다. 살아온 날들을 반추해 보고 현재의 내 모습과 자리를 다시 생각해 보았다. 조금 더 현실을 알아야겠고 아들로서, 아버지로서, 이웃으로서, 또 선생으로서 역할에 충실해야 겠다는 생각뿐이다. 간경화로 투병하던 아버지가 끝내 눈 감던 날, 유진은 마지막으로 아버지의 손을 꼭 잡고 사랑한다는 말로 영원한 작별의 인사를 건넨다. 방울져 흐르는 눈물이 내 메마른 가슴을 적시는 순간이었다.

산다는 건 어쩌면 부질없는 일일지도 모른다. 그러나 내 마음이 의지하고 무거운 발걸음 받아줄 수 있는 아버지가 있다는 건 참으로 고마운 일이다. 기억의 편린이 살아있는 어린 시절부터 내 인생의 큰 산으로 존재하고 계신 아버지! 비록 이제는 아버지의 거친 손을 잡을 수도, 목메어 불러도 아버지의 목소리를 들을 수가 없다. 그래도 아버지는 영원한 내 삶의 등불이자, 메마른 가슴을 적시며 말없이 흐르는 강물이다. 나는 오늘도 복잡한 일상의 한복판에서 열심히 살려고 발버둥 친다. 삶이 힘겨워 주저앉아 버리고 싶을 때도 있다. 그때마다 어린 시절 살갑고 어진 달빛의 이야기를 들으며 잠들었던 곳, 한없이 넓고 아늑한 내 아버지의 따스했던 등이 사무치도록 그립다.

이별 그리고 화인(火印)

　　한동욱 감독이 메가폰을 잡고 만든 영화 〈남자가 사랑할 때〉
를 평온이 찾아드는 주일 저녁 시간에 봤다. 그것도 혼자서. 남
들은 청승맞다고 할지 몰라도 혼자라 자유롭고 거칠 것 없고 더
욱이 고독을 불러들일 수 있어서 좋다. 영화의 메시지 전달이 강
하다 보니, 사건의 필연성이 약하고 전체의 구조가 다소 엉성하
고 산만해서 완성도가 떨어진다는 개인적인 느낌을 지울 수가
없다. 그럼에도 불구하고 사랑의 의미가 퇴색하는 현실에 비추
어 보면 무언가 가치를 발견하게 하는 작품임에는 틀림이 없다.

　　배우지도 못하고 직업도 변변찮은 태일이 뒤늦은 나이에 병
든 아버지와 함께 사는 호정을 만나 첫눈에 반한다. 내밀한 사랑
의 경험도 일천하고 세련미가 떨어지는 투박한 스타일이기에 사
랑 표현이 거칠고 어색하다. 하지만 호정에게 느끼는 태일의 감
정은 진실하고 순도 높은 사랑이다. 폭력 사건에 연루되어 교도
소 신세까지 지게 된 태일과 호정의 사랑은 태일에게 찾아든 병
마로 인해 막을 내린다. 그렇지만 사별이 사랑의 끝이라고 생각
하지는 않는다. 영화에서처럼 상대가 세상을 달리했든, 다른 이

에게로 떠나갔든 그게 사랑을 갈라놓을 수는 없는 것이다. 사랑은 육신보다는 정신적 영혼의 영역이기 때문이다. 그런 생각이 들었다.

이성복 시인은 방법이 있는 사랑은 사랑이 아니라고 했다. 사랑에 어찌 방법과 조건이 있을 수 있겠는가. 그것은 더 이상 사랑일 수 없다. 쉽게 만나고 가볍게 잊히는 플라스틱 사랑이 대세인 세상이다. 그렇지만 변화무쌍한 요즈음 현실에서는 어쩔 수 없이 그런 사랑 방식을 인정해야 한다는 게 씁쓸하고 서글플 뿐이다. 안타깝지만 어쩔 수 없다. 그래도 사랑은 허기진 고객의 발길을 붙드는 단골식당의 손맛처럼 변함이 없었으면 한다. 사랑에 빠지면 그 사람 심장의 울림을 오래도록 느낄 수 있었으면 좋겠다. 진정한 사랑은 그런 것이라고 생각한다. 상황이 달라졌다고 해서, 상대방이 누구냐에 따라서, 조건의 유무에 따라 사랑이 변해서는 안 되는 것 아닌가. 그건 사랑이 아니다.

사랑이 두려운 것은 결별 때문도 아니고 그 결별이 남기는 슬픔 때문도 아니다. 변한 사랑이 선사하는 불에 덴 자국처럼 끝 모르게 피어오르는 추억 때문이다. 세월이 흘러도 지워지지 않는 선연한 기억이 사랑보다도 더 아프다. 결별 이후에 찾아오는 사랑의 추억을 오래도록 견뎌야 한다는 게 너무 힘들고 가혹하다. 〈남자가 사랑할 때〉는 슬픈 영화이고 사랑의 아픈 추억을 자꾸 들쑤셔 대지만 그래도 요즈음의 사랑 방식과는 사뭇 달라서 좋다. 누구나 다 사랑의 결별로 인한 아픔을 겪고 상처를 받는다. 그런데 그 사랑의 흔적을 극복하고 가슴에 아름다운 기억으로 간직하고 승화시키는 지혜를 가졌으면 한다. 비록 아픔과 상처의 깊이에 따라 다르겠지만 내가 아는 사람들은 모두 그러기를 바란다. 모두가 사랑의 화신이었으면 좋겠다.

오월의 아침에

　해마다 맞이하는 오월인데, 그 계절의 싱그러운 이미지와는 달리 언제부터인가 내 마음에 조금은 무겁고 어두운 그림자를 드리우곤 한다. 오월은 덥지도 않고 춥지도 않아 인간이 활동하기에 가장 알맞고 또 뭇 생명들이 계절의 진수를 만끽할 수 있기에 모두들 '계절의 여왕'이라고 칭송하는가 보다. 하지만 이렇게 좋은 계절 오월이 이제 막 한 아이의 가슴에 아버지란 존재로 자리하게 된 나에게 삶의 여러 가지 단상을 생각하게 하고 또 그 속에서 무관심한 아빠, 불효자식, 부족한 교사로 언뜻언뜻 비치는 나의 자화상을 보면서 한쪽 가슴이 허전해짐을 느끼곤 한다.

　어린이날을 며칠 앞둔 어느 날, 우리 부부는 네 살배기 아들 녀석과 함께 저녁을 먹으며 어린이날 이야기를 했다. 작년까지만 해도 어린이날에 대해 별 의미를 두지 않았으나 아들 녀석이 제법 컸기에 올해부터는 아들 녀석을 위해 자그마한 선물을 준비하자고 아내가 제의했다. 어린이날이 무어냐며 자꾸 캐묻는 아들 녀석에게 그 의미를 알려주었더니, 아들 녀석은 당장에 선물을 사달라며 숟가락을 놓은 채 제 아빠의 손을 잡고 졸라대기 시작했다. 그렇지 않아도 아들 녀석이 이제 의사 표현도 곧잘 할 줄 알고 또 나도 생각은 하고 있었던 터라 쾌히 선물을 사주마고 약속했다. 무얼 갖고 싶은지 물어보았더니, 앞집에 있는 제 친구 여찬이가 늘 자랑하는 로봇 인형과 똑같은 것을 갖고 싶다고 했다. 그 말을 듣고 나니, 두 녀석이 잘 놀다가도 그 로봇 인형을 서로 차지하려고 싸우고 울던 일들이 떠올랐다.

이튿날 저녁, 아들 손을 잡고 완구점엘 들렀다. 아들을 유혹하는 갖가지 장난감들이 진열대에 도열한 채, 저마다 제가 선택되기만을 애타게 기다리고 있었다. 마침 아들이 원하는 로봇 인형이 있었건만, 예상을 뛰어넘는 가격에 잠시 머뭇거리다 그냥 완구점을 나왔다. 물론 아이에겐 더 좋은 선물을 사주마고 달래는 걸 잊지 않았지만, 아들 녀석은 못내 아쉬워하는 표정이었다. 어린 시절 장난감 하나 없이 놀며, 부잣집 아이들을 부러워하던 나 자신의 모습이 떠올라 웬만하면 사주고 싶었으나 아내는 좀 더 실용적인 것을 사자며 아동복 코너로 향했다. 그리고 결국 장난감 살 돈으로 아들의 여름옷 두 벌을 사고 말았다. 아들 녀석의 의사는 제쳐두고 말이다.

집으로 돌아오는 내내 아들 녀석은 말 한마디도 안 했고, 집에 와서는 저녁도 거르며 시위 아닌 시위를 했다. 물론 그런 아들 녀석이 다소 안쓰럽기도 해서 다시 가서 사줄까 생각도 했지만, 실효성을 앞세운 어른의 이기심에 아들의 뜻은 끝내 꺾이고 말았다. 그러나 밤늦게 고향에 안부 전화를 하는 제 아빠의 전화를 가로채며 제 할머니에게는 인사도 하는 둥 마는 둥 하며, 삼촌을 바꿔 달라고 하는 소리를 듣고 저 녀석이 언제 저렇게 제 삼촌하고 친했었나 하며 새삼 의아해하며 지켜보았다. 결국 엄마 아빠에게 못 이룬 소원을 제 삼촌에게 부탁했고 제 삼촌이 흔쾌히 약속하자 그제야 얼굴에 희색이 돌며 기뻐했다. 물론 그로부터 이틀 뒤, 제 삼촌으로부터 원하던 로봇 인형을 선물 받고는 몹시 좋아하는 아들 녀석의 모습에서 아빠에 대한 아들의 불신을 느끼고 마음이 편치 못했다. 더욱이 다소 흔들리는 아빠의 자리를 느끼곤 적이 마음이 무거웠다. 게다가 어버이날 저녁에는 이런 일까지 있었으니······.

그날은 아내가 학생들과 수학여행을 떠났기 때문에 아들 녀석과 둘이 있었다. 저녁을 먹고 텔레비전을 보던 아들 녀석이 갑자기 물었다. "아빠, 아빠! 어버이날이 뭐야, 응?" 잠시 머뭇거리자 "빨리 얘기해 봐" 하며 보챘다. 대강 그 의미를 전하고 방에 들어가 책을 보고 있는데 거실이 조용했다. 그래서 아들 녀석도 제방에서 그림책을 보는가 보다 하고 그냥 넘겼는데 한 시간이나 지났을까, 갑자기 아들 녀석이 아빠를 부르며 안방으로 달려왔다. "아빠, 이거 꽃이야. 내가 달아 줄게" 하며 가슴에다 뭔가를 갖다 댄다. 고개를 숙여 바라보니 해바라기꽃이 그려진 종이와 풀을 들고 야단이다. "그래, 이거 어디서 났니?" 하고 물었더니, 아빠 이야기를 듣고, 엄마가 사준 '지능 업' 책에 있던 꽃 그림이 생각나 오렸다며 서툰 가위질 자국이 남아있는 해바라기꽃 그림에 풀을 칠해 아빠 가슴에 붙이며 잘 안 붙는다고 야단이다. 순간 눈시울이 뜨거워져 아들 녀석을 가슴에 꼭 안고 '언제 아들 녀석이 이렇게 생각이 컸나' 하며 대견스러워했다. 그날 밤, 아들 녀석은 아빠에게서 최고로 재미있는 옛날이야기를 들을 수 있었고 나는 아내의 빈 자리로 인한 마음의 공백을 전혀 느끼지 못했다. 오히려 부자지간에 손을 꼭 잡고 그 어느 때보다도 달콤하고 편안한 잠을 청할 수 있었다.

어린이는 어른의 아버지라고 영국의 어느 시인은 노래했다. 한창 생각하고 느끼고 또 그런 속에서 방황하며 하루가 다르게 성숙해 가는 아이들이다. 그런데 우리 어른들은 어떠한가. 이제 순수함을 거의 다 잃어버린 채, 더 이상 성숙하지 못하고 멎어 버린 느낌이다. 그래도, 우리 어른들의 삶이 때 묻지 않은 아이들의 세상을 맑게 해주지는 못하더라도 더 이상 혼탁하게 해서는 안 되겠다는 반성이 앞선다. 각종 비리로 어지러운 세상, 행여 아들 녀석이 불쑥, "아빠! 비자금이 뭐야?" "아빠! 대통령이 뭐 하는 사람이야?" 하고 묻지나 않을까 하는 쓸데없는 걱정이 앞서는 요즘이다. 때 묻은 우리들의 마음을, 혼탁해진 세상을 깨끗하게 씻어줄, 상큼한 청량제 같은 그 무슨 좋은 일인가가 있었으면 좋겠다는 생각을 가져본다. 이 아름다운 계절 오월의 아침에…….

누나

내겐 누나가 없다. 아니 누나가 한 명 있었으면 좋겠다. 엄마 말에 의하면 내게도 누나가 한 명 있기는 있었단다. 비록 물리적인 기억은 아니지만 정서적인 기억 속에 존재하는 누나가 꼭 한 명 있었다.

내가 세 살 때 우리 동네에 낯선 부녀가 나타났다. 30대 초반으로 보이는 초라한 옷차림의 남자가 예닐곱 정도 된 어린 소녀를 데리고 말이다. 그 소녀가 바로 은순이 누나다. 부녀는 그때 동네에서 가장 살림이 넉넉하던 새집(우리는 그 집을 그렇게 불렀다)에 기거하며, 그 집의 농사일을 도왔다고 한다. 지금 생각해 보면 아마 그게 입주식 일꾼이 아닌가 싶다.

그러나 몇 달이 지난 어느 날 밤, 그 남자는 어린 딸만 남겨 두고 행방을 감춰 버렸다. 무슨 이유에서인지는 몰라도 아마 그 몇 달 동안의 행적은 어린 딸을 맡기기 위한 방편이었을 것이다. 새집 식구들은 난감해하면서도 어쩔 수 없이 은순이 누나를 식모 비슷하게 데리고 있기로 했다. 그러나 별로 마음이 유순하지 못했던 새집 할머니는 은순이 누나가 일을 잘 못하고 툭하면 흐

느껴 운다는 이유로 보따리 하나 들려 내보냈다. 은순이 누나는 갈 곳이 없어 동네 어귀에서 울고 있었다. 그때, 시장에 채소 팔러 갔다 밤늦게 돌아오던 우리 엄마가 동구 어귀에서 추위에 떨고 있는 은순이 누나를 보고 너무 가엾어서 집으로 데리고 왔다. 그리고 2년 동안 우리 집에서 비교적 편안하게 살았다. 나는 그때 너무 어려서 기억이 없지만 엄마 말에 의하면 누나는 나를 무척이나 귀여워해 주었다고 한다. 거의 매일 시장에 채소 팔러 가는 엄마를 대신해 나를 봐주며 놀이 상대가 되어주었다. 늦은 밤, 시장에 간 엄마를 기다리다가 어린 동생을 등에 업은 누나는 끝없이 울어대는 동생을 달래다 지친 나머지 동생이랑 같이 울곤 했단다.

심성이 맑고 착한 은순이 누나는 우리 엄마를 엄마라고 부르며 무척이나 따랐다. 아들만 둘이었던 엄마도 은순이 누나를 몹시 귀여워하며 친딸처럼 여기셨다. 돌아올 새봄에는 초등학교에 들어갈 꿈에 부풀어 의욕이 넘치고 무척이나 기뻐했었다고 한다.

그러던 어느 겨울날 바람같이 사라졌던 누나 아버지가 나타났다. 그리고 우리 식구들에게 자기 딸을 잘 보살펴 주어 무척 고맙다는 말을 남기고 누나를 데리고 가버렸다. 엄마는 요즘도 가끔 말씀하신다. 은순이 누나가 떠난 후, 친딸을 잃어버린 것처럼 일손이 잡히지 않아 울기도 많이 우셨다고. 그 추운 겨울날 울면서 마을을 떠나던 은순이 누나의 마지막 모습이 마음에 남아 지워지지 않는다고…… 어디 가서 잘살고 있겠지, 하시며 못내 아쉬움을 감추신다. 내 유년의 한 모퉁이에 살며시 나타나 기억에도 없는 아련한 그리움만 남겨두고 소리 없이 가버린 어린 소녀, 그 소녀가 나의 첫 번째 누나였다.

중학교와 고등학교를 남자 학교만 다닌 나였기에 여자 선생님에 대한 기억은 별로 없다. 그런 중에도 중학교 3학년 때 생물을 가르쳐주신 선생님이 가끔 생각난다. 황분희 선생님! 좀 시골스럽게 느껴지기도 하지만 한편으론 무척 낯익고 정겨운 이름이었다. 그때 사범대학을 갓 졸업하시고 처음으로 교직에 발을 들여놓으셨던 것으로 기억된다.

한참 사춘기에 접어들어 마음이 무척 혼란스러운 중3 남학생 수업을 여선생님이 한다는 것은 그리 쉬운 일이 아니었다. 지금 기억으로는 50여 분의 선생님 중 여선생님은 두세 분밖에 없었다. 더구나 처녀 선생님의 경우에는 더욱 그랬다. 아이들은 생물이란 과목의 특수성(?)을 최대한 이용하여 이상하고 감각적인 질문으로 황 선생님을 무척 곤혹스럽고 난처하게 만들곤 했다. 그래도 나는 왠지 그 선생님이 좋았다. 얼굴이 수수하면서도 미소 짓는 모습이 무척 귀엽고 예쁘셨다. 무엇보다도 마음이 착하고 순수한 모습이 내 마음속 깊이 자리 잡고 있던 누나에 대한 그리움을 일깨웠는지도 모른다.

황 선생님은 키가 무척 작아서 칠판에 글씨 쓰실 때 불편해
하셨다. 까치발을 들고 글씨를 쓰는 모습을 보고 아이들은 키득
거리며 웃어댔지만, 나는 그런 선생님의 모습이 몹시 안쓰러웠
고 반 친구들을 원망하기도 했다. 그러던 어느 날 오후 집에 도
착하자마자, 나는 납작한 송판을 자르고 여러 겹으로 못질해서
다음 날 교실 교단의 네 귀를 괴었다. 담임 선생님은 키가 크셔
서 오히려 불편하셨을지도 모르지만 나를 무척 칭찬해 주셨고,
황 선생님도 나를 교무실로 불러 이것저것 묻기도 하며 고마워
하셨다. 그리고 고입 문제집을 하나 주셨는데, 그땐 정말이지 난
생처음으로 날아갈 것 같은 기쁨을 맛보았는데, 그 기억이 새롭
기만 하다. 그 후로 선생님은 작은 키를 극복할 수 있었고, 몇 번
의 에피소드를 제외하고는, 까까머리 한 소년의 응원에 힘입어
비교적 편안하게 수업을 하셨던 것 같다.

돌이켜 보면 반 친구들의 행동이 결례였을 수도 있지만, 한
편으론 그때의 황 선생님은 한창 사춘기에 접어든 남학생들에게
는 학교생활의 삭막함과 딱딱함을 덜어주는 오아시스 같은 존재
였다는 생각이 든다.

아내도 키가 작은데 남학교에서 3학년을 가르친다. 그런 아
내를 보면 그 옛날 어린 소년의 마음에 아련한 연정과 추억을 남
겨주신 큰 누나 같은 황 선생님이 생각난다.

교직 생활을 하며 많은 선생님들을 만났지만, 그렇게 큰 인연의 실타래 속에 함께 엮여 있는 선생님들은 몇 분 안 된다. 공립학교의 특성상 한 학교에 근무한다고 해 봤자 대개 2, 3년이 지나면 헤어지기 마련인데, 그런 중에도 학급 운영을 열심히 하시던 선생님, 열정으로 참교육을 위해 애쓰시던 선생님, 결손가정 학생이나 탈선 학생을 따뜻하게 지도해서 바른길로 이끌어주던 선배 선생님들이 기억에 남는다. 모두 다 내 교직 인생의 멘토이신 아름다운 얼굴들이다.

교직에 종사하면서 언젠가는 꼭 마음으로 만나고 싶은 세 가지 모습이 있다. 여름날 시원한 그늘을 드리워 지친 나그네의 땀을 닦아주는 능수버들 같은 교장 선생님, 아이들에게 식상함을 느끼며 내 자신의 한계를 드러낼 때 내 마음의 회초리가 되어주는 선생님의 모습, 튼실한 날갯짓으로 내게 가르치는 일의 작은 보람과 기쁨을 느끼게 해주는 제자의 모습.

평생 자신을 알아주는 친구가 셋만 있으면 성공한 인생이라고들 하는데, 언제부터인가 이 세 가지 모습을 진정으로 보고 느끼는 것이 내 교직 생활의 성공 여부를 가늠하는 잣대가 되었다. 꼭 교직 생활에 성공하고 싶다. 그런데 누나 같은 선생님이 한 명 있다. 이경애! 아들 또래의 1학년 남학생을 가르치면서 선생님과 엄마와 누나의 역할을 함께 하시는 선생님. 항상 웃음 띤 얼굴에 자상하시다. 자식을 키워 본 연륜에서일까, 아니면 경력에서 얻은 노하우일까. 아니다. 내가 생각하기에는 그런 것이 아니라 타고난 성정이다. 한창 개구쟁이이고 말썽도 많이 부릴 나이, 하지만 그 어느 시기보다도 관심과 정성이 필요한 나이, 인생의 가치관 형성에 그 어느 때보다도 중요한 시기의 아이들에게 학교생활의 즐거움과 사랑, 삶의 참멋을 느끼게 해주는 선생님! 옆에서 지켜보면서 그렇게 하지 못하는 나 자신이 원망스러우면서도 그 선생님이 존경스럽다. 또한 무척 본받고 싶다.

선배들에게 맞아서 시커멓게 멍이 든 제자의 엉덩이에 약을 발라주시며 눈물을 훔치는 모습, 아이들과 똑같은 급식을 주문해 교실에서 제자들과 함께 다정하게 점심을 먹는 모습, 아이들과 함께 청소하고 다정하게 이야기하는 모습, 그 어린 시절부터 마음 한구석에서 간절히 소망하던 누나의 모습을 느끼는 순간이다. 마음으로 따르고 늘 그리워하던 다정한 누나의 모습 말이다.

그런데, 그런 선생님이 엊그제는 반 아이들과 수돗가에서 화분을 닦다가 발을 잘못 디뎌 새끼발가락에 금이 가는 부상을 입으셨다. 2시간 이상 걸리는 대전에서 통근하자면 무척 어렵고 불편할 텐데……. 어쩌면 선생님의 사랑과 정성을 하느님이 시기해 일으킨 장난이 아닌가 하는 생각도 든다.

올해가 가면 만기가 돼서 다른 학교로 가셔야 한다고 한다. 벌써부터 마음이 허전하다. 어린 시절 나를 업어주며 친구가 되어주었던 은순이 누나 같은, 중학교 졸업하던 날 《수학 정석》

책을 가슴에 안겨주며 등을 두드려 주시던 황 선생님 같은 그
분……. 이경애 선생님!

내 마음의 양지, 이석순 마리아

나는 천주교 신자다. 1990년 스물여섯 살 때 예산 오리동 성당에서 세례를 받았다. 아내와의 연애 초창기 때 대화를 나누다 보니 천주교 신자라는 사실을 알았고 아내에게 더 마음이 끌렸다. 선남선녀가 만나 교제를 하는데 종교와 사상이 같다는 것은 함께 만나 대화할 수 있는 시간이 많아지고 자연스레 공감대를 형성하며 유대감을 쌓는 데 적격임은 말할 나위 없다. 아내는 중학교 때 세례를 받았는데, 세례는 내가 더 늦게 받았지만, 예수님을 만난 건 내가 먼저다. 내 삶의 최고 스승인 이석순 마리아, 내 유년을 따스하고 넉넉하게 품어주고 깊은 사랑을 주시고 삶의 가치와 방향을 인도해 주신 분이다. 내 어린 시절 포근한 보금자리요, 따스한 언덕이었던 이석순 마리아, 바로 내 할머니다.

할머니와의 최초의 기억이 바로 성당이다. 할머니는 1950년대 말 원주 단구동 성당에서 세례를 받으셨다. 엄마 말씀에 따르면, 할머니는 원래는 무속신앙을 믿으셨는데 눈에 넣어도 아프지 않을 튼튼하고 잘생긴 일곱 살 아들이 이삼일 고열에 시달리다 갑자기 죽자 충격을 달래기 위해 천주교를 마음에 두고 세례를 받으셨다. 그리고 2년 후에는 남편마저 세상을 뜨자, 완전히 천주교에 의지해 아들과 남편의 영혼을 달래고 안식을 빌며 삶의 중심을 찾으셨다고 한다.

다섯 살 무렵, 처음 할머니 손을 잡고 성당엘 갔는데, 50년이 넘은 기억인데도 엊그제 일처럼 선연하다. 할머니 등에 업혀 원동 성당 마당에 도착해 보니 많은 사람들이 보였다. 할머니의 흰 무명 치마폭에 쌓여 성당 문을 들어서자 잔잔한 성가 음이 울리고 다소 어둑어둑한 조명에 경건한 분위기가 느껴져 가슴이 쿵쾅거리고 주눅이 들기 시작했다. 할머니가 이끄는 대로 왼쪽 앞 장의자에 자리를 잡고 고개를 숙인 채 앉아 있었다. 고개를 들라는 할머니의 말에 고개를 들자, 바로 앞 벽에 웬 사람이 처량한 표정으로 매달려 있었다. 고개를 왼쪽으로 떨어트린 모습이 무척이나 고통스러워 보였다. 분명 살아있는 사람이 단말마의 고통에 괴로워하는 모습이었다. 순간 기겁을 하고 놀래 성당 밖으로 뛰쳐나갔다. 당황하신 할머니가 성당을 나와 나를 달래 다시 데리고 들어갔는데, 두려움에서인지 엄숙함 때문인지 아니면 십자가에 매달린 예수님이 너무 불쌍해서인지 차마 고개를 들고 쳐다볼 수가 없었다. 그렇게 예수님과의 첫 만남이 시작되었다.

그날 밤 할머니 품에 안겨 오랜 시간 예수님의 파란만장한 삶에 대해 들을 수 있었다. 지금 생각해 보면 그날 성당에서의 낮

선 충격과 할머니가 밤새 들려주신 이야기가 내가 천주교 신자로 살아가는 굳건한 단초가 되었다. 그날의 경험이 내 삶의 목적과 방향을 설정하는 결정적인 계기가 되었다 해도 과언이 아니다.

그 후로도 주일이면 할머니 손을 잡고 십 리가 넘는 길을 걸어 성당엘 다녔다. 십리 길이 멀게 느껴지지 않았다. 미사 시간이 다소 지루하고 무슨 의미인지 몰랐지만, 할머니랑 함께라서 좋았다. 게다가 성당에서 주는 찐빵, 건빵 등의 간식도 나의 신앙생활(?)에 한몫했다. 그때부터 할머니한테 성경 얘기도 듣고 식사 때마다 꼬박꼬박 기도도 하고 자주 합장하는 시간이 늘었다. 할머니 방 벽을 장식하는 마리아와 요셉 성인의 사진, 그리고 예수님의 십자고상을 바라보며 생각에 잠기는 시간도 늘었다. 어린 나이라 성서 내용을 이해할 수는 없었지만, 천주교가 내 가슴에 자리 잡고 내 삶의 일부가 될 수 있었던 것은 이석순 마리아 덕분이었다. 아쉬운 것은 초등학교 3학년 때까지는 종종 성당엘 다녔는데 그 이후로는 거의 다니지 못했고 세례를 받을 기회도 잃어버렸다. 대학교 때 잠깐 천주교 신자 서클에 기웃거린 것이 전부였다.

유년 시절, 할머니의 삶 속에서 예수님의 자비와 사랑을 발견하는 것은 어렵지 않았다. 그때만 해도 초근목피(草根木皮)로 연명하던 가난하고 어려운 시절이라 시골 동네임에도 곡식 동냥을 비롯해 밥 동냥, 동전 동냥 등 찾아드는 거지들이 많았다. 개중에는 한쪽 팔이나 한쪽 다리를 잃은 상이군인 출신들도 흔하게 볼 수 있었다. 아마도 6·25전쟁이나 월남전에 참전했다 부상을 당해 살길이 막막한 사람들이었을 것이다. 지금은 보훈대상자로 여러 가지 도움과 복지혜택을 받지만, 그때만 해도 살기가 어려워 불편한 몸을 이끌고 동냥을 다녔다.

할머니는 끼니때마다 우리 식구들이 먹을 바가지의 쌀 중에 한 컵 정도씩 덜어내 작은 항아리에 부었는데, 궁금해서 물어보아도 할머니는 대답하지 않으셨다. 그 궁금증을 해소하는 데는 오랜 시간이 걸리지 않았다. 거리의 천사들이 동냥을 올 때마다 그 항아리의 쌀을 작은 표주박으로 두어 번 떠서 주셨다. 식구들이 먹을 식량 일부를 덜어 배고프고 불쌍한 사람들에게 나누어 주셨던 것이다. 비록 어린 나이였지만 할머니는 말이 아닌 행동으로 하느님의 사랑을 몸소 실천하신다는 사실을 알게 되었고 미증유의 충격을 받았다. 할머니가 무척이나 존경스럽고 우러러보였다.

한번은 이런 일도 있었다. 거지 중에 앞을 못 보는 소경이 있었다. 나이도 할머니보다 많아 보이는 입성이 지저분하고 다소 눈매가 무서워 보이는 할아버지였다. 앞을 못 보는지라 대문을 찾아 들어오는 것도 쉽지 않았다. 할머니는 그 소경 거지를 보자 쫓아가서 손을 잡고 마루로 안내한 후, 때마침 준비 중이던 점심

밥상을 차려 와 할머니와 나 그리고 소경 거지 셋이 같이 먹었다. 앞을 못 보는 소경이지만 눈가에 미소를 지으며 연신 고마움을 표하다가 끝내는 눈물을 보였다. 처음에는 무서운 얼굴이라 경계했는데 마음이 무척 착하신 분이라는 생각이 들자 왠지 안쓰럽고 불쌍한 마음이 들었다. 그러자 할머니가 소경의 눈물을 훔쳐주시고는 딱한 사정 이야기를 다 들어주시는 것이었다.

"우야노! 이리 성치 않은 몸으로 가족도 없이 살아가시니 을매나 힘드시겠소. 힘내이소" 하시며 그 소경 거지의 처지를 안타까워하며 위로의 말을 건네셨다.

그날 밤 할머니는 사랑은 받을 때보다 베풀 때가 더 행복하다는 사도행전의 말씀을 들려주시며 어린 내 가슴에 예수님의 사랑을 일깨워 주셨다. 직접 본 적은 없고 얘기로만 알고 있던 성경 속의 천사가 바로 우리 할머니라고 생각했다. 지금도 밥을 먹을 때면 먼저 감사 기도를 하고 밥이든 반찬이든 남기는 법 없이 다 비운다. 어린 시절 할머니가 내게 주신 소중한 선물이다. 우리 아이들도 밥을 남기지 않고 먹을 만큼만 덜어서 먹고 다 비운다. 할머니의 가르침이 증손주들에게까지 미친 셈이다. 또한 아내랑 같이 매월 월드비전을 비롯해 대여섯 군데 기부하고 있고, 바쁜 일상이지만 틈틈이 시간을 내어, 성당 사회복지분과 일원으로 어려운 이웃을 위한 봉사 나눔 활동에 참여하고 있다. 할머니께 배운 사랑을 내 방식대로 실천하며 살아가고 있다.

할머니는 십 리가 넘는 원거리에도 불구하고 도심지 원동 성당에서 분리해 나온 봉산동 성당엘 빠짐없이 다니셨다. 아니 매주 주님을 만나러 다니신 것이다. 중풍으로 쓰러지시기 전까지는 안나회 회장까지 하시며 신앙생활의 모범을 보이셨다고 했다. 그러던 할머니는 예순여섯이던 여름날에 뇌출혈로 쓰러지셨다. 병원 신세를 진 덕에 회복되셨지만, 언어장애가 있었고 거동도 조금 불편하셨다. 농사일로 바쁜 엄마 아버지를 대신해 틈나는 대로 내가 도와드리고, 사랑방에서 할머니랑 같이 생활하고 한 이불을 덮고 잠도 같이 잤다. 언어장애로 말의 조합이 안 되는 어눌한 상황 속에서도 식사 때는 물론이고 자주자주 묵주기도를 비롯해 두 손을 모으고 기도하셨다. 그럴 때마다 내가 할머니의 입이 되어 도와드리며 같이 기도했다.

"성부와 성자와 성신의 이름으로……."

할머니는 3년을 병마로 고생하시다 1983년 4월 2일 토요일 오후에 어린 손자의 배웅을 받으며 조용히 숨을 거두셨다. 고등학교 3학년 봄날이었다. 젊어 혼자 되신 후 30년을 지켜온 십자고상을 가슴에 안고 하느님의 품으로 가셨다. 공교롭게도 그다음 날이 부활절이었다. 연도 오신 신부님을 비롯한 모든 신자들이 이석순 마리아는 모범적인 신앙생활을 했기에 예수님과 함께 부활한 것이라고 말씀하시면서 깊은 슬픔에 잠긴 식구들을 진심으로 위로해 주었다.

기억의 소자가 선명한 그 시절부터 내게 무한사랑을 주셨던 할머니의 죽음은 내게는 감당할 수 없는 충격이었다. 할머니 돌아가셔서 모두들 울며 슬퍼했는데 나 혼자만 눈물이 나지 않았다. 고모는 그런 나를 가리켜 할머니 사랑을 독차지했는데 울지도 않는다며 나무라셨다. 사실 슬픔과 충격의 도가 넘쳐 울음조차도 내 몫이 아니었나 보다. 삼우제를 끝내고 돌아온 날, 잠도 못 자고 피곤에 지쳐 깊은 잠에 들었다가 한밤중에 홀로 깨었는데 늘 곁에 계시던 할머니의 손이, 할머니의 따스했던 가슴이 만져지지 않았다. 그제야 할머니의 부재를 실감하고는 참았던 눈물을 쏟았다. 말 그대로 할머니 생각에 밤새도록 숨죽여 울었다. 그토록 많은 눈물을 흘렸던 적이 없었다. 다음 날 아침 얼굴이 퉁퉁 부어 있었다. 그해 5월 어느 날 밤, 할머니가 사무치도록 보고 싶어 할머니를 그리며 일기장에 끄적거린 〈임종〉이란 시를 반추해 본다.

임종

삼 년 동안 병석을 지키다 마지막 가시던 날
흰머리 풀어 헤치고 조용히 눈을 감으시던 날
초봄인데도 백설기처럼 새하얀 눈이
댓돌 할머니 신발 위에 소복이 쌓였습니다.

젊어 혼자 되신 후, 삼십 년을 외롭게 사시다
어린 손자의 임종을 받으며 봄눈 녹듯 그렇게 가셨습니다.
여위고 찬 가슴을 헤치고 당신께서 평생을 지켜오신
십자고상을 안겨 드리자 할머니의 얼굴에
살아생전 본 적 없는 평온함이 드리워졌습니다.
그 마지막 미소가 서러워서,
그 흰 무명 치마가 너무나도 눈부셔서
어린 손자는 밤새도록 목메어 울었습니다.
창밖에서는 봄눈이 하얗게 밤을 지새우고 있었습니다.

할머니가 내 곁을 떠난 지 40년이 다 돼 가지만 할머니는 내
삶 속에 여전히 존재하신다. 나에게 신앙의 길을 인도해 주셨던
분, 사랑이 무엇인지 모르던 나에게 몸소 삶으로 참사랑을 가르
쳐주신 분, 내 유년기의 따스한 양지이자 보금자리였던 분, 이석
순 마리아! 당신이 있어 오늘도 저는 천주교인으로 일상에 충실
하고 사랑을 실천하려 애쓰며 틈틈이 두 손을 모으고 조용히 눈
을 감아 봅니다.

"은총이 가득하신 마리아 님, 기뻐하소서. 주님께서 함께하
시니 여인 중에 복되시며 태중의 아들 예수님 또한 복되시나이
다. 천주의 성모 마리아 님……."

개심사에서 마음을 씻다

오뉴월 쇠불알처럼 늘어지는 무기력한 삶을 피해 시간이 나면 무작정 떠나는 게 언제부터인지 새로운 일상이 되어가고 있다. 떠남은 돌아옴의 또 다른 이름이지만 그건 여유가 필요한 것도 아니요, 그렇다고 용기는 더더욱 아닌 그저 썩어가는 어항의 물갈이 같은 일상의 한 과정에 불과하리라.

꽃잎 진 자리마다 새록새록 돋아난 잎새들 사이로 불어오는 바람이 신록의 푸르름을 더해가는 유월의 주말은 나의 마음을 들뜨게 하기에 충분했다. 더욱이 주말 지나 이틀 연휴이니 더할 나위 없는 황금의 시간이었다.

군 제대 후 발령받은 덕산중학교에서 만나 16년째 친형제 이상으로 자별하게 지내고 있는 석오 형, 갑중이 형, 그리고 종하 형! 내 인생의 지기이자 든든한 버팀목 같은 사람들이다. 천안을 출발한 우리 네 가족은 예산과 홍성을 거쳐 대역사의 현장인 AB지구의 탁 트인 바다를 가르며 서해의 편안한 땅 태안을 향해 달렸다. 일 년에 한두 번 가보는 길이지만 갈 때마다 막힌 가슴이 탁 트이는 새로움이 느껴지는 곳이다. 어린 시절 엄마의 품속처럼 따뜻함과 평화로움이 느껴지는 곳, 말 그대로 태안 땅이다. 세 시간을 달리니 바닷가에 있는 아늑하고 잘 단장된 폐교가 우리 가족을 반갑게 맞이했다. 인근에 있는 초등학교와 통합되는 바람에 지금은 수련 활동 숙소로 쓰이는 옛 서남중학교다. 온갖 나무들과 꽃들이 잘 가꾸어진 넓은 정원이 한눈에 들어오는 아름답고 아늑한 학교였다.

저녁 여덟 시, 여장을 풀고 운동장으로 나갔다. 밤하늘에는 폭죽을 터뜨린 듯 온갖 별들이 은하수를 중심으로 세상을 화려하게 수놓고 있었다. 낯선 곳에서 온몸으로 파고드는 밤공기는 나의 폐부를 춤추게 만들었고, 물세례를 흠뻑 받은 화분처럼 아이들은 모처럼 만에 생기가 돌았다. 아홉 명의 아이들은 삭막한 도시를 벗어난 즐거움에 저마다 이름 모를 들꽃으로 피어 무더기 무더기로 어우러지고 있었다.

비릿한 갯내음을 맡으며 바닷가 작은 횟집에서 저녁을 먹은 후 밤바다로 나갔다. 검푸른 바다가 무섭다면서도 발목을 간질이는 파도와 어울려 깔깔대는 아이들을 보면서 모처럼 만에 아빠라는 배역을 제대로 소화해 내는 내 자신의 모습에 적이 안심이 되었다. 초강력 방부제를 맞은 듯 바싹 메마르고 초라했던 나의 감성도 가만히 다가와 손을 잡는 파도 소리에 꿈틀거리고 있었다. 일상에서 탈출한다는 건, 일말의 불안감과 낯섦이 없지 않지만, 그 나름의 묘한 매혹임을 다시 한번 느끼는 태안에서의 밤이었다.

그날 밤 파도 소리를 들으며 잠을 청했는데, 약간의 불면에 시달리다 꿈을 꾸었다. 아직도 세상으로 통하는 의식의 문을 닫아건 채, 혼자만의 세계에 안주하고 계시는 아버지 꿈이었다. 힘 없는 손을 내밀며 아들에게 무언가 말씀을 하시는데 안타깝게도 허공을 가를 뿐 아들의 귀에 들어오지 않고 있었다. 메아리 없는 아버지의 외침 속에서 일상과 낯선 세계를 연결하는 무의식의 세계를 다시금 느끼고는 가슴이 아팠다. 어쩔 수 없는 아버지의 삶이요, 내 인생인가 보다.

일요일 아침 맑은 태양 아래 확 트인 바닷가, 피로에 지친 발바닥을 부드럽게 감싸주는 갯벌을 걸으며 어린 게들의 숨바꼭질을 물끄러미 응시하노라니 삶의 또 다른 비타민이 내 정신을 깨우고 있었다.

개심사(開心寺)! 얼마나 좋은가! 일상에서의 막힌 가슴을 활짝 열어주는 곳. 개심사는 변해 있었다. 아니 개심사는 그대로인데 사람들이 변하고 있었다. 그전에 없던 콘크리트 대리석이 절 입구에 버티고 있고, 우스꽝스러운 표정의 일주문도 들어섰다. 인간의 손이 닿는 곳마다 자본의 악취가 풍기고 있으니 이곳도 머지않아 수덕사를 닮아가려나? 아쉬움을 뒤로 한 채 돌계단을 오르다 잘난 체하며 애써 마음을 씻어내려는 나 자신을 보았다.

'그럼 넌 얼마나 향기롭고 얼마나 깨끗한데…….'

흠칫 나 자신이 부끄럽고 우스워 보였다. 아, 그래도 좋다. 도란도란 얘기하며 흐르는 계곡 물소리가 정겹고, 솔숲 사이에서 불어오는 바람이 온몸을 휘감으며 땀을 식혀준다. 일상의 근심을 던져버리고 이곳에서 한 열흘 정도 푹 쉬고 싶었다.

고적한 산사에서의 아늑한 침잠(沈潛)! 옛 선사들의 체취가 느껴지는 요사채와 해우소를 거쳐 사람들의 손때로 한쪽 가지가 죽어가는 백일홍 나무를 보면서 힘내라고 응원하며 세심동(洗心洞)을 내려오는 발길이 한결 가벼웠다. 여섯 살 은결이가 무섭지도 않은 듯 길가의 다람쥐랑 놀다 가자고 떼 아닌 떼를 썼다. 딸내미의 마음도 어느덧 자연을 닮아있었다.

5년 전이었던가, 늦은 밤에 찾았던 운산 벚꽃 길. 신록으로 단장한 그 길을 달리며 마애삼존불의 미소를 가슴 가득 담아 가지고 가야산을 넘어, 16년 전 교직 생활의 추억이 서려 있는 덕산 땅 어린 제자들의 얼굴을 떠올리며 천안으로 돌아왔다. 아파트 문을 열었다. 여행이 가져다준 마음의 여유 탓일까? 그곳에 전에 느끼지 못했던 또 다른 아늑함이 풍기고 있었다.

문득 아버지의 병세가 궁금하고 미치도록 보고 싶어 전화를 드렸다. 아버지 상태가 전과 다름없이 여전하다는 어머니의 전음을 들으니 또다시 가슴이 무거워진다. 한평생 고생만 하시다 뇌경색으로 쓰러진 후 세상과 등 돌린 아버지. 무언가 아쉬운 듯

한참이나 여행 얘기를 나누는 어린 남매. 피곤에 지쳐 들풀처럼 쓰러져 자는 아내. 연휴 지나면 이틀을 쉰 후유증에 시달릴 1학년 8반 내 아이들. 모두들 내 삶의 존재 이유이자 짊어지고 갈 보배들이다. 이제는 그들에게서 새로운 삶의 향기와 그리움을 맡으며 가야산 자락 마애삼존불의 살가운 미소로 화답해야지.

비록 육신의 피곤함이 없지 않지만, 자연에 의지해 몸과 마음을 재충전할 수 있어 좋았던 1박 2일. 또 다른 떠남을 기약할 수 있기에 더욱 그 의미가 묵직하게 다가온다.

세상과 단절된 공간, 애절한 사랑의 울림

눈 덮인 언덕을 오르는 남녀의 모습이 눈앞에 선하다. 두 눈을 사로잡은 풍경은 순백의 아름다움인데 남녀의 힘겨운 발걸음은 애잔하기만 하다. 무엇을 찾아서 어디로 향하는 것일까. 아비를 버린 냉혹한 인정, 떠난 임을 기다리다 꺼이꺼이 터트리던 큰놈의 목울음, 정신이 아픈 여자의 안식처가 되어주던 마른 우물, 모성적 사랑이 가득 넘쳐나던 너와집, 노을 진 하늘을 자유롭게 날아가던 새 떼들, 가슴 시리도록 새파란 보리밭 물결. 서정 넘치는 자연 풍경과 순결한 마음이 조화를 이뤄 영상의 깊이와 메시지를 더해준다.

신경숙 작가의 원작 소설 〈새야 새야〉를 카메라에 담은 완성도 높은 영상소설을 보았다. 원작보다도 스토리 구성이 치밀하고 사계의 아름다움을 잘 담아낸 영상미가 돋보여 작품성을 더하는 수작이었다. 더욱이 아버지 돌아가신 후 메말랐다고 여겨 오래도록 잊고 지냈던, 뜨거운 눈물까지 솟아나는 마력을 지닌 작품으로 평가하고 싶다. 젊은 날의 신산스러운 삶을 내공으로 승화시키는 신경숙 작가의 공력을 확인할 수 있었다. 그리고 아주 아주 오랜만에 시대의 풍조에 퇴색해 버린 사랑의 의미와 그 원형을 되뇌어 보는 계기도 되었다.

작품 속 조명이 집중된 두 인물인 '큰놈'과 '작은놈'. 사실 우리네 각자의 이름이란 얼마나 편의 지향적이고 형식적인가. 너무 가볍고 지나치게 감각적이지 않은가. 그런데 '큰놈'과 '작은놈', 그저 편하게 부르는 이름이다. 결코 가식적이지 않고 외피 없이 진솔하다. 말 그대로 큰놈과 작은놈이다. 엄마와 두 형제는 말을 못 한다. 더구나 엄마와 큰놈은 듣지도 못한다. 그런데 말을 못 할 뿐 의사소통에는 전혀 지장이 없다. 아니 말없이도 해맑게 웃는다. 그저 자유롭고 행복할 뿐이다.

우연히 찾아온 사랑, 큰놈은 건강이 좋지 않아 시골로 요양차 내려온 여인에게서 따스한 마음의 향기를 맡는다. 그리고 사랑에 빠진다. 유년 시절, 엄마에게 받은 모성적 사랑 이후 처음 느껴보는 달콤함이다. 결혼을 한다. 행복했다. 그러나 오래 가지 않았다. 여인이 떠나갔다. 떠났다기보다는 큰놈이 여인을 보내주었다는 표현이 더 적절하다. 비록 마음은 아플지라도 처음이자 마지막으로 사랑했던 세상의 여인이었기에 그녀가 원하는 대로 보내준다. 참 바보 같다. 세상 사람 모두 영악한데 혼자만 바보 같다. 그래서 보는 내 가슴이 더 아프다. 그런데 보낸 뒤의 허망함을 그리움으로 채우기에는 마음의 상처가 너무 컸다. 세상의 시선도 두려웠을 것이다. 비참한 생활에 시달리다 세상의 문전박대에 자살한 아버지. 큰놈도 자신을 버린 세상을 괴로워하다 끝내는 자신이 그 세상을 버린다. 비정한 형에게 배신당해 스스로 세상을 버린 아버지처럼 철길 위에서.

사랑은 마음속에 존재하는 것. 몸은 외피에 불과할 뿐이다. 그런데 존재하리라 믿었던 사랑을 세상 어디에서도 찾을 수 없었다. 세상 사람들의 마음이 다 순백인 줄 알았다. 그러나 두 형제에게 세상은 그렇게 녹록하지 않았다. 값싼 동정과 냉혹한 멸시만이 있을 뿐이었다.

작은놈도 펜팔로 만난 여인에게 진정한 사랑을 갈구하지만 실패한다. 두꺼운 벽이 가로놓여 있는데 어찌 사랑을 느낄 수 있겠는가. 작은놈에게도 미래란 없어 보였다. 그런데 형의 죽음 앞에서 절망하다가 사회로부터 소외돼 정신이 아픈 여자를 만난다. 그리고 오래도록 잊었던 따스한 정을 느낀다. '숨겨주세요' 만 반복하는 여자에게서 사랑을 느낀다는 건 아이러니가 아닐 수 없다. 그런 세상이다. 멀쩡한 사람들(기실 멀쩡하다는 사람들도 정신이 병든 지 이미 오래다)로부터 멸시와 냉대를 받아 정신이 아픈 여자의 안식처는 마른 우물 속이다. 세상이 여자를 암흑과도 같은 공간으로 밀어 넣는다. 그런데 여자는 오히려 그 우물 속에서 삶의 편안함과 아늑함을 느낀다. 병들 대로 병든 세상과 단절된, 참으로 따스한 공간이다. 그러나 세상은 그것조차도 허락지 않는다. 결국 그들에게 남겨진 선택은 없었다. 아버지와 엄마, 그리고 큰놈이 선택했던 길을 갈 수밖에. 그냥 내버려 두지 않는 세상을 피해, 무덤 속 엄마의 따스한 사랑을 더듬으며 작은놈의 심장도 끝내는 식어간다.

영화 속 주인공들은 멀쩡한 사람에게서는 진정한 사랑을 느끼지 못한다. 그건 분명 비극이다. 우리도 그런 시대를 살아가고 있는지 모른다. 어찌 사랑을 말로, 또 돈으로 할 수 있단 말인가. 사랑은 마음으로 하는 것, 굳이 말이 필요치 않다. 물질은 더더욱 아니다. 가슴은 차디찬데 말만 무성하고 뜨겁게 타오르지도 못하는 현실, 너무나 가볍지 않은가. 영화 속 주인공들이 갈구하는 사랑이 현실 속에는 없었다.

영화는 우리에게 몸과 마음이 불편한 사람들에 대한 인식의 전환을 촉구하고 있다. 다소 불편할 뿐인데 우리들은 딴 세상 사람으로 여긴다. 바로 우리 형제들이고 이웃들이지 않은가. 배려와 연민의 마음이 절실하다. '숨겨주세요'를 반복하는 여인의 애절한 절규가 가슴을 억누른다. 더 이상 그들을 우물 속으로, 철길 위로 몰아가서는 안 된다. 그들이 아닌 우리들로, 말의 성찬이 아닌 눈빛과 눈물로 가슴을 촉촉이 적실 줄 알아야 한다. 타인에 대한 값싼 동정과 냉대만이 존재하는 삭막한 세상을 향한 뜨거운 심장의 울림을 느껴야 한다.

　영화의 마지막, 숨 가쁘게 달아나는 엔딩 크레딧을 바라보며
힘겨운 삶을 살아가는 가장 큰 버팀목은 무엇일지 헤아려 본다.
돈, 체면, 명예보다도 더 인간의 가슴을 더워지게 만드는 것, 식
어가는 심장을 뜨겁게 달굴 수 있는 그것, 바로 배려와 희생 그
리고 사랑이 아니겠는가. 큰놈이 여인을 떠나보내면서 절절히
토해내던 한마디 말이 깊은 내면의 울림이 되어 오래도록 가슴
에 남아 귓가를 적신다.

　"살아가는 것이 슬픈 생각이 든다. 당신도 그러하겠지만 슬
퍼도 당신은 그에 버금가는 힘을 가졌으면 한다. 이 돈으로 기차
를 타고 먼 데루 가라. 그리고 부디 - 행복하여라."

사랑하는 아들아

이렇게 글로 너를 만나기는 처음이 아닌가 싶구나! 어젯밤에 아빠는 알 수도 없는 꿈에 시달리며 잠을 제대로 자지 못했단다. 아마 아빠 마음이 무척이나 무겁고 편치 않았던 모양이야. 먼저 아빠로서 너에게 미안하구나. 학교생활이 바쁘다는 핑계로 너에게 자상한 모습 보여주지도 않으면서 기대만 많이 했나 보다. 그것이 너에게는 큰 부담으로 작용했으리라는 생각도 못 하고……. 아빠의 짧은 생각을 이해해 주렴.

시험에 대한 압박감에서 벗어나 그동안 하지 못했던 일이나 만나지 못했던 사람들을 만나고 싶은 것은 어쩌면 당연한 것이겠지! 그중에 희은이도 있을 테고. 아빠도 네 마음을 잘 헤아려서 네 입장에서 이해하고 받아들였어야 했는데 그러지를 못했구나. 아빠도 요즘 마음의 여유를 찾지 못하고 있단다. 대한민국에서 10대로 살아가기란 빛도 없는 지하 함정 속에서 아귀다툼하며 절벽을 기어올라 지상으로 올라오는 것과 같다는 생각을 해본다. 그만큼 우리의 교육 상황이 아이들에게 감당할 수 없을 정도의 스트레스와 부담을 준다는 뜻이겠지. 아빠도 그런 아이들과 생활하기에 더 잘 안단다. 자주 아이들의 마음을 풀어주고 부담을 덜어주기 위해 애도 많이 쓰는데 우리 아들에게는 그러지를 못했다.

아빠의 욕심이 지나친 걸까? 그래도 아빠는 우리 아들이 믿음직스럽고 자랑스럽다는 생각에는 변함이 없다. 단순한 기대가 아니라 우리 아들은 그럴 만한 충분한 능력과 인성을 갖추었다고 믿는다. 왜 아빠도 너만 한 나이에 많은 갈등과 방황을 했고, 또 스스로 그런 어려움을 슬기롭게 극복했으니까. 사춘기 시절 이성에 대한 관심과 끌림은 삶의 과정에서 아주 자연스러운 현상이란다. 그런 경험이 인생을 살아가는 데 자양분이 되어 긍정적으로 작용하는 것은 틀림이 없는 사실일 것이고.

그런데 아빠가 아들에게 바라는 것은 우리 아들이 머리를 들고 푸른 하늘을 보며 더 큰 생각과 더 넓은 마음으로 주어지는 삶의 순간순간에 임했으면 한다. 작은 일에 연연해하지 말고 더 많은 친구와 이야기하고, 더 많은 고민을 하고, 더 큰 꿈을 가슴에 키우고, 더 많은 책을 읽으며 생각하고…….

사람은 다 생각의 그릇이 있단다. 그릇의 크기도 중요하겠지만 그 그릇에 무엇을 담을 것인가는 더욱 중요하겠지. 세월 지나 어른이 되어 어린 10대 시절의 활동과 생각과 방황을 되돌아보는 미래의 모습을 상상해 보렴. 아쉬운 점도 있을 테고, 안타까운 면도 있을 테고, 또 입가에 잔잔한 미소를 던지는 만족스러운 일들도 있을 테고, 뿌듯한 일도 있을 테고.

아들아, 그 그릇에 무엇을 담을 것인가는 전적으로 네 자유다. 그리고 그것으로 인한 책임도 또한 너의 몫이고. 다만 그릇의 무게를 감당해야 하는 고통만큼 알찬 그 무엇인가가 담겨야하지 않을까. 어리다는 딱지가 붙어 다니는 10대를 어떻게 지내느냐에 따라 20대, 30대의 인생이 결정되는 법이란다. 10대의 고통과 고뇌와 진지한 노력이 네 인생을 좌우하게 됨은 틀림없는 사실이다. 고뇌는 깊되 짧게 하는 것이 좋겠지.

아빠로서 바라는 것은 엄마 아빠에게 좀 더 자신 있고 좀 더 솔직하고 좀 더 살갑게 다가서는 아들이었으면 한다. 아빠는 아들의 일거수일투족에 희비를 느낀단다. 이제 엄마 아빠에게는 은결이와 너의 삶이 엄마 아빠의 삶보다 더 중요하게 여겨지기 시작했단다. 그만큼 네가 컸다는 증거겠지.

엊그제 너랑 야구공 캐치할 때 느낀 건데 네가 던지는 볼의 무게와 빠르기가 몰라보게 달라져 있더구나. 아빠는 그때 우리 아들이 믿음직스러웠고 많이 컸다는 생각에 자랑스러웠단다. 무엇보다도 묵직한 볼의 무게만큼 마음도 성숙해지고 있으리라 믿는다. 힘겨울 때도 있겠지만 오뚝이는 쓰러졌다가도 바로 일어나는 것이 매력인 것처럼, 다소 마음이 무겁고 힘들더라도 툭툭 털고 일어서는 듬직한 모습 보여주려무나.

영국 속담에 사나운 파도가 유능하고 노련한 사공을 만든다고 한단다. 지금보다는 좀 더 자신 있게 생활하는 아들의 모습을 보고 싶다. 앞으로는 아들이 필요할 때 아빠는 항상 곁에 있을 테니 많이 묻고 많이 이야기하면서 자신의 길을 만들어가는 아들이기를 바랄게. 너를 믿는다. 아들아, 파이팅!

엄마의 발톱

아버지를 보내드린 지 10년이 넘었다. 아버지 가신 뒤로 해마다 오월이면 몸살을 앓는다. 아버지와의 추억을 떠올리면 금방이라도 철부지 어린 아들을 부르는 젊은 내 아버지의 목소리가 들리는 것만 같다. 정신마저 녹아내리는 듯 무더운 여름날, 아버지 늦도록 들일을 하거나 수도사업소 일을 마치고 퇴근해 오시면 우물가에서 등목을 자주 하셨는데 그때마다 내가 도맡아 씻겨드렸다. 찬물을 끼었고 비누칠을 하고 등을 문지르고 얼음보다도 찬물로 등목을 시켜드렸다. 무척이나 시원해하시던 아버지, 왠지 모를 뿌듯함에 으쓱해 하던 40여 년 전 어린 아들의 실루엣이 눈앞에 아른거린다.

그런 아버지가 예순 중반의 젊은 나이에 뇌경색으로 쓰러져 의식 없이 3년하고도 3개월을 쓸쓸히 지내셨다. 그때 가끔씩 아버지 목욕을 시켜드리고 손톱과 발톱을 깎아드렸다. 짓무른 채 살 속으로 파고 들어간 새끼발톱과 까맣게 죽은 엄지발톱을 물끄러미 바라보며 오 남매 등쌀에 끝내 무너져 내린 당신의 세월을 생각했다. 눈물이 났다. 가슴이 황망하게 무너져 내렸다. 아버지와의 추억이 아득한 옛날 같다. 이제는 보고 싶어도 볼 수 없고 목 놓아 불러도 대답이 없는 아버지가 오늘따라 더 생각나고 그리워진다.

　평온한 시간, 저녁 식사를 마치고 문학 시간에 가르칠 수업 준비를 하려고 노트북을 열었다. 이승하 시인의 〈엄마의 발톱을 깎아드리며〉의 보조 수업자료로 쓰기 위해 예전에 직접 쓴 글을 정리하고 있었다. 곁에서 대학생 딸아이가 제 엄마와 엠넷 음악 프로를 시청하며 마치 친자매인 듯 다정하게 웃음꽃을 피우고 있었다. 얼마 뒤, 오랜 시간 자판을 두드리는 아빠에게 미안했는지, "아빠 뭘 그리 바쁘게 하세요?" 하며 슬그머니 아빠의 글을 넘겨다보더니, 농사일로 고생하실 제 할머니의 발을 직접 씻겨드리고 발톱을 깎아드리겠다고 선언한다. 마냥 어린 줄로만 알았던 딸아이가 참 기특하고 예쁘다.

　신록의 나무들이 젊은 날 내 아버지의 푸른 동맥처럼 푸르고 싱싱한 오월이다. 긴 연휴에 다녀오지 못한 고향 집을 이번 주말 연휴에 다녀올 예정이다. 그런데 생각해 보니 철부지 아들은 여든 고개를 넘은 엄마의 발톱을 단 한 번도 깎아드린 기억이 없다. 아마도 발톱 깎아드리는 것은 손녀딸이 아니라 철부지 아들의 몫이어야 하지 않을까. 엄마의 발톱 한 번 깎아드리는 데 오십 년이 훨씬 넘게 걸린 셈인가. 마음은 이미 엄마 품으로 달려가 안겼다. 달그림자에 젖어가는 고향 집 풍경이 눈앞에 선연한 저녁이다.

쪽빛 바다 수평선에 눈을 베이다

　재천안강원도민회의 일원으로 고성 성게 축제를 다녀왔다. 아내와 어린 딸아이도 함께 다녀와 더 의미 있는 하루였다.

　일상에 쫓겨 부산을 떨며 전쟁을 치르는 여느 아침보다 두 시간이나 더 이른 새벽, 눈가에 매달린 졸음을 떼어내면서도 한결 여유와 즐거움이 넘쳐나는 새벽 아침이었다. 막내 은결이의 얼굴은 바다 보러 간다는 설렘에 해맑은 미소로 가득했다. 화장대 앞에 앉아 치장하는 아내의 모습을 바라보노라니 모처럼 만에 남편 구실, 아빠 역할을 하는 거 같아 내 마음도 한결 가벼웠다.

　매일 아침 일찍 잠자리를 빠져나와 날이 바뀌는 시간이 다 되어 지친 몸을 이끌고 돌아오는 하숙생 같은 모습만 보여주는 것이 여간 미안하지 않았는데, 오늘은 남편이자 아빠로서 점수를 딸 수 있는 좋은 계기였다. 그래도 딸아이에게는 너무 먼 거리의 여행이 아닌가 하는 걱정도 되었지만, 가을날처럼 구름 한 점 없이 맑게 갠 하늘 덕에 그런 염려가 말끔히 씻겼다. 으레 그렇듯, 낯선 세계로의 여행은 그만큼의 설렘과 더불어 새로운 나를 발견하게 해주는 법. 여섯 시 무렵, 우리들의 하루를 책임진 버스가 천안을 출발하기 시작했다.

문건 형님의 소개로 동행하게 된 여행객들의 모습도 오랜 인연으로 맺어진 사람처럼 전혀 낯설게 느껴지지 않았다. 사무국장의 안내멘트를 시작으로 나의 마음은 약속받은 희망의 땅, 강원도 최북단 고성 땅을 향해 달려가고 있었다. 아이들을 데리고 수학여행 때 몇 번 가본 곳이지만 그래도 어린아이 같은 설렘이 솟아나는 건, 그래도 때가 덜 묻은 덕이요, 아직도 순수함이 남아있다는 증거가 아닐까? 때 이른 시간이었지만, 재천안강원도민회에 처음 나온다는 옆자리의 남철 씨를 비롯하여 누님, 형님들과 술잔을 주고받으며 인생사 이야기를 펼쳐놓다 보니 어느새 11시, 검푸르게 펼쳐진 동해가 우리를 환영하며 반갑게 손짓하고 있었다.

동해의 한 자락에 자리 잡은 초도포구는 예상했던 것과는 달리 그 규모가 작아서 오히려 더 아늑하고 평화롭게 느껴졌다. 오늘이 사흘간의 성게 축제 중 마지막 날이고, 일요일이라 다소 인파가 붐비리란 예상과는 달리, 축제 손님들이 많지 않아 한적함이 느껴질 정도로 조용한 축제가 펼쳐지고 있었다. 방파제에서 기념촬영을 마치고 바로 점심을 먹었다. 소문만 들어보았지 난생처음 먹어보는 성게알이 비린내 탓인지 나의 구미에 썩 당기지는 않았다. 그래도 달착지근함과 부드러움이 느껴지는 것이 감칠맛이 있었다. 비린내만 가신다면 나도 장비를 닮은 장산적 태민이처럼 성게알을 썩썩 비벼서 게걸스럽게 먹을 것만 같은데, 장산적한테 성게알을 양보하고 내가 좋아하는 문어회와 싱싱한 꽁치구이로 시장기를 때웠다.

점심을 먹고 각설이패의 노래와 만담을 들으며 딸내미의 손을 잡고 포구 일대를 사붓사붓 거닐었다. 딸내미 말로 밤송이를 닮았다는 성게, 왕지렁이로 보인 개불 등의 해산물과 포구를 한가로이 노니는 어선들은 딸내미의 눈을 자극하는 신기로운 풍경들이었다. 이윽고 작은 배를 타고 포구 앞에 있는 섬으로 향했다. 어느 시인은, 섬처럼 순백의 존재들이 모여 이룬 것이 인간 세상이라고 했는데, 항상 변함없이 제자리를 지키며 말없이 세월을 감시하는 때 묻지 않은 섬을 보노라니, 나 자신도 애련과 물욕에 물들지 않은 섬을 닮아야겠다는 부질없는 생각을 해보았다. 처음 경험해 보는 섬에서의 바다낚시는 생각했던 것보다 재미있었다. 푸들푸들하고 싱싱한 고기들이 안겨주는 손맛도 새로웠고, 다시마를 따는 아내와 딸내미의 모습도 일상에 지친 나의 마음에 바다처럼 넉넉한 감성을 선사해 주었다.

동해는 분명 여느 바다와는 달랐다. 탁하고 갯내음 짙은 서해와는 달리, 옷을 입고 들어가면 금방이라도 푸른 물이 들 거 같은 쪽빛 바다, 파도에 부서지는 새하얀 포말들이 온갖 세상 풍진에 절어 시들해진 내 마음을 말끔히 씻어주었다. 멀리 끝없이 펼쳐진 지평선을 응시하다 내 눈이 풀잎처럼 베어졌다. 아, 얼마나 좋은가? 이 아름다운 풍경 속에서 노닐 수 있다는 것이…….
내가 가장 좋아하는 시인인 이생진 님의 시구가 저절로 입가를 맴돌았다.

"성산포에서는/ 술을 마실 때도 바다 옆에서 마신다./ 나는 내 말을 하고 바다는 제 말을 하고/ 술은 내가 마시는데/ 취하기는 바다가 취한다./ 성산포에서는 바다가 술에 더 약하다."

– 이생진, 〈그리운 바다, 성산포〉 중에서

회장님과 상철 형님이 낚시로 잡은 놀래미를 숙희 누님이 즉석에서 회를 떴는데, 소주와 함께 털어 넣었더니 살맛의 고소함과 더불어 살살 녹는 것이 정말 부드럽고 달았다. 섬을 빌려준 바다에 대한 보답으로 술에 취한 바다의 하소연을 들어주며 그 넓은 바다를 작은 가슴에 담았는데 정말 오랜만에 즐겨보는 평온함이었다. 회장님 특유의 고향 사투리와 구수한 너스레, 친누나처럼 느껴지는 숙희 누님의 회 뜨는 손길에는 분명 살가운 사랑과 온정이 듬뿍듬뿍 묻어나고 있었다. 재신 형님의 넉넉한 배려와 입담도 섬 속에서 더욱 정겹게 피어나고 있었다. 제일 먼저

고기를 낚아 소년처럼 좋아하며 내게 낚시 비법을 알려주던 젠
틀맨 상철 형님의 부드러움, 아 또 하나의 명물(?)이 있었으니,
온몸으로 바다를 오염시키며 남들 못 하는 성게도 잡고, 가장 큰
고기를 낚은 우쭐함에 파안대소하던 종창 형님의 모습은 바로
동심 그 자체였다.

저마다 다시마와 미역을 한 보따리씩 안고 포구로 돌아오는
길, 파도에 일렁거리는 마음들에는 바다만큼의 여유와 풍요가
가득 담겨 있었다. 그만큼 자연에 묻혀있는 동안 우리들의 마음
도 자연을 닮아 하얘지고 있었다. 도시의 일상을 떠나 포구에서
즐긴 다섯 시간 동안의 소중한 추억들을 가슴에 간직한 채, 어촌
계장님과 초도포구의 배웅을 받으며 버스에 몸을 실었다. 일상
만 허락한다면 초도리에 푹 빠져 편안하고 여유 있게 한철 보내
고 싶은 마음이었다. 돌아오는 길에 잠깐 들른 화진포 해수욕장
에서 바라보는 동쪽 바다, 하얀 비단을 펼쳐놓은 듯한 백사장,
그 청과 백이 조화를 이룬 화진포는 나로 하여금 신선의 경지로
착각할 만큼 아름답고 평화로웠다. 온도계가 시뻘겋게 불타는
날 꼭 한번 다시 찾아오리란 약속을 하며 발길을 돌렸다.

돌아오는 차 안에서 드디어 질퍽하고 끈적끈적한 삶의 향기
가 피어오르고 있었다. 가고 오는 길에 마이크를 잡고 여행객들

에게 즐거움을 선사한 춘천닭갈비 유예 누님의 모습은 열여덟 꽃띠 소녀였다. 평소 노래를 즐겨하는 편이 아니라 남들에게 양보하려 했지만 그래도 한 곡조 마음먹고 뽑았는데 평상시 실력의 절반(?)도 안 되었다. 그래도 전혀 당돌하지 않은 우리 각시가 부른 '당돌한 여자'는 내게 또 하나의 기쁨과 감동을 주었다. 남들이 팔불출이라 해도 어쩔 수 없다. 한 곡조 뽑으라는 나의 주문에 서슴없이 마이크를 잡고 노래에 몰입하는 아내의 모습이 어찌 사랑스럽지 않으랴.

모두들 댄스가수가 되어 마음껏 노래하고 춤을 추며 흐느적거리고 있었다. 주악에 술이 더해지니 어찌 즐겁지 않으리오. 온몸으로 말하고 온몸으로 흔들어 대는 저 깊은 내면의 모습들이 내게는 또 하나의 잔잔한 울림으로 다가왔다. 술에 취하면 어떠리! 흔들리는 모습을 보여주면 또 어떠리! 원래 인생이란 무언가에 취했을 때 가장 아름다운 법이 아니던가? 몸치인지라 실제 춤을 추지는 않았지만 마음은 누님들과 함께 신나게 흔들어 댔고, 삶의 질곡을 마음껏 토로하는 모습이 정말 즐겁고 흥겨웠다. 어쩌면 이런 모습이 우리네 삶의 또 다른 진수가 아닌가 하고 생각했다.

밤 11시가 다 되어, 새벽에 출발했던 시청 앞으로 돌아왔지만 정말 좋은 인연과 생각의 타래를 엮은 의미 있는 하루였다. 쪽빛의 바다가 좋았고, 그 자연 속에서 한데 어우러져 풍기는 우리

네 인생의 진솔함이 그 어느 것에 비할 바 없는 향기로운 경험이었다. '금강산도 식후경'이란 말처럼, 김밥을 비롯하여 떡이며 안주며 우리들의 입을 즐겁게 하려고 여러 가지 궂은일을 매력 넘치는 미소와 촉촉한 눈빛으로 완벽하게 소화하는 산소 같은 문숙 누님, 특유의 입담과 여유로 행사를 원활하게 주도하고 마무리하는 재신 형님의 모습 또한 믿음직스러웠다. 비록 재웅이를 비롯한 동생들, 친구들과 함께 즐기지 못한 게 다소 아쉬웠지만, 그들 또한 바쁜 일상이 있고, 또 그 일상에 충실한 것이 우리네 인생의 또 다른 모습이지 않은가?

재천안강원도민회와 인연을 맺은 지 얼마 되지 않았고 바쁜 일상 때문에 자주 참석하지 못해 다소 서먹함이 남아있었는데, 내게는 형님, 누님들과 더욱 가까워질 수 있어서 좋았다. 게다가 태어나고 자란 훈훈한 고향의 내음과 푸근한 인정을 확인할 수 있어서 더욱 의미 있었다. 이번 여행을 계기로 재천안강원도민회가 회원들 간에 친목을 도모하면서 더욱 끈끈한 형제애를 다지고 하나로 어우러져, 그 위상이 한 단계 더 높아졌으면 하는 바람이다. 어쩌면 재천안강원도민회가 따뜻하고 아늑한 자궁이 되어 내 인생의 새로운 안식처로 작용하지 않을까 하는 기대를 해본다.

비록 몸은 피곤하고 무거웠지만 마음은 한결 날아갈 것처럼 가벼워져 돌아온 즐겁고 유익한 하루였다.

치악산 주주산방(柱尌山房)의 추억

　유년 시절, 치악산 아래 동심들이 옹기종기 모여 정을 나누고 추억을 수놓던 봉대초등학교. 모두들 중년의 아저씨 아줌마가 되어 일상과 씨름하느라 바쁘게 살고 있지만 일 년에 한두 번, 일상에서 탈출하여 그 옛날의 추억을 반추하며 즐거운 시간을 보내곤 한다. 이름하여 봉대 이팔청춘 동창회다.

　기둥으로 세워 올린 숲속의 방, 주주산방(柱尌山房)! 얼마나 뜻깊고 아름다운 이름인가! 비 내리는 밤에는 잘 몰랐지만, 아침에 일어나 둘러본 주변의 경관은 정말 아름다웠다. 통나무와 흙벽으로 만든 집이 계곡을 흐르는 시냇물 소리와 산속의 솔 향기와 환상적인 조화를 이루고 있었다. 맑은 날이면 들려올 산사의 그윽한 종소리에 맑은 새 울음이 더해지면 도연명의 무릉계곡을 연상하는 게 어렵지 않을 정도로 정말 아름다운 쉼터였다. 날씨 고른 내년 이맘때를 기약해도 좋은 곳이란 생각이 들었다.

　공식적인 1박 2일이 처음이었던가? 물론 모임의 목적 중 하나가 산행이었지만 산행이 아니라도 우리들은 하나가 될 수 있었고, 열세 살 어린 동심으로 돌아가 늦은 밤까지 추억을 반추할 수 있었다. 아마도 그것은 신의 장난이 아니라 모여서 하나가 되라는 하느님의 준엄하면서도 따뜻한 배려가 아니었을까?

토요일 아침, 부족한 수면 때문에 안개 속 같은 머리를 토마토 주스 한잔으로 깨우며 내 삶의 존재 이유들이 기다리는 학교를 향해 액셀을 밟았다. 본연의 업무인 아이들 수시 원서 쓰느라 점심도 걸렀지만 좀처럼 허기가 느껴지지 않았다. 왜일까? 몇 시간 뒤면 그리운 친구들을 볼 수 있으니까! 순철이, 재민이 함께 가고 싶었지만 일상이 허락하지를 않았다. 미안한 마음이 드는 건 아마도 형제처럼 정이 든 탓이리라.

5시에 출발한 차가 여주를 지나면서 폭우를 만났다. 출발할 때만 해도 충청도 천안 땅에는 햇살이 따가웠었는데 강원도로 접어들자 한 치 앞을 가늠할 수 없을 정도로 세차게 비가 쏟아지고 있었다. 하늘은 바다의 얼굴이라고 한 어느 시인의 말처럼 바닷물이 거꾸로 쏟아지는 느낌이었다. 무섭기까지 했다. 와이퍼가 힘겨운 듯 제 역할을 다하지 못했다. 옆자리에 그리운 얼굴 하나 동행이라도 했다면 더 좋았겠지만 혼자서 즐기는 우중 질주도 나름대로 묘한 느낌에 빠져들기에 충분했다.

복하를 비롯한 몇몇 선발대들이 미리 도착해서 준비 중이란 말이 액셀에 얹힌 발을 더 크게 자극했다. 원주에 도착하자 몇몇 친구들의 전화를 받았다. 우리 이팔청춘의 마스코트 분당댁, 항상 웃는 모습이 포근함을 느끼게 하는 한우왕가 안 사장님, 아 그리고 우리 이팔청춘들의 대모로 자리 잡아가고 있는 유 여사! 20년을 살아온 고향 땅! 연인들이 사랑의 몸부림 떨듯, 한 바퀴 돌면서 그리운 얼굴들을 태우고 8시 30분경에 어둠으로 형체를 가린 치악산, 그 아래 포근히 안긴 주주산방, 일명 황골쉼터에 도착했다. 한결 가늘어진 빗줄기가 우리를 반갑게 맞아주었다. 아이고 배고파! 그러고 보니 아침 점심을 다 굶었네, 그려! 그것이 탈이었다.

고향을 지키는 든든한 버팀목 복하, 영원한 스마일 맨 원희, 이팔청춘의 미남 스타 태희, 한걸음에 한양에서 달려온 회장님 영완이, 그리고 한 이 년 만에 얼굴 보여주는 박 여사, 아 또 하나의 낯선 그러나 풋풋함이 느껴지는 그 옛날 추억의 얼굴이 있었으니 다름 아닌 멀리 의정부(의정부 맞나?)에서 달려온 용숙 씨, 정말 반가웠어요.

둘이 먹다가 하나가 죽어도 모른다는, 죽은 사람도 살린다는 삼천만의 영양식 개장국이 2,000원짜리 정부미 식당 밥에 길든 내 속을 환장하게 만들었다. 수육은 알맞게 삶아진 것이 쫄깃한 맛과 특유의 감칠맛이 어우러져 두 끼를 굶은 나의 오장육부를 뒤흔들어 놓았다.

허겁지겁, 왜 이렇게 소주는 또 단 것이여! 오매 이쁜 것들이

쫙 깔렸구먼! 못 보던 사이에 더욱 이뻐진 오콰(옥화) 씨! 어쩐 일이야. 세월이 비껴가는 게 아니라 아예 거꾸로 흐르는 거 같으이. 오드리 헵번을 연상시키는 예쁜 얼굴에 더 예쁜 옷에, 근데 왜 일찍 가버린 겨. 사업이 바쁜가 벼? 바람처럼 가버렸더라구. 정태는 집에 가서 별일 없었남? 마나님 앞에서 석고대죄한 거 아녀? 그러니 평상시에 잘 좀 해드려야제.

전국에 산이란 산은 다 가봤다며 비만 그치면 아침 일찍 산행을 강행하자던 아니 비가 와도 갈 수 있다며 분당댁을 자극하던 태희의 너스레도 내 마음을 행복하게 하기에 충분했다. 아침 여섯 시, 해가 뜨지 않아 나의 눈도 감겨 있던 시각! 잠자고 있는 나를 두고 몰래 사라진 한 여인이 있었으니 분당댁! 행복하겠수다. 사랑이냐 집착이냐 쓰잘데기 없는 소리 말어. 사랑과 집착은 포장만 다를 뿐이지 내용은 다 한가진 겨! 다 부부간 관심과 정인 거제! 우리 마나님은 3일 동안 전화 한 통 없었다네. 흐흐 그래서 사실은 좋았제.

얼굴이 더욱 화사해진 영숙 씨, 좋은 일 생긴 겨? 주연 배우는 마무리를 장식하는 거 몰라! 왜 일찍 사라진 겨! 아니 근데 대체 저건 뭐당가? 옥화 씨가 선운산 복분자로 손수 만들었다는 복분자주가 그만 내겐 독주가 될 줄이야! 달착지근한 첫사랑의 입술 같던 복분자 향과 맛에 취해 홀짝홀짝 마시다가 이성 올 스톱, 감성 200프로 총출동! 광란의 밤 1부를 화려하게 장식하고 장렬하게 전사했으니, 해롱해롱 오 불쌍한 나의 대뇌 회로들이여! 그것으로 상황 끝! 더욱이 안타까운 건 광란의 밤 99프로가 바람난 처녀 야반도주하듯 기억의 저편으로 사라져갔으니, 아이고 이걸 어쩐댜! (뭘 어쩌? 동창회 다시 해야제.) 아 히발 돛도! 누가 사진 안 찍어났나?

아침에 쓰린 속을 달래주는 친구들의 너털웃음 소리! 아이고 썩어가고 있는 내 속이 다 웃네, 그랴! 이사임당이 사온 한방탕을 먹었더니 속이 확 풀리네. 약효가 아니라 이사임당의 정성으로 효과 봤지, 암만! 근데 다들 어디 간 겨? 2,500㎜ 높이에서 로프도 안 매고 과감하게 번지 점프를 감행한 박 여사가 끙끙 앓고 있네, 그랴. 무릎 부위에 약간의 찰과상 빼고는 아무 이상이 없으니 이걸 두고 생긴 말이 천만다행이야! 페이스 쪽이면 성형외과 갔어야제. 어깨도 아프다던데 겉으로만 봤지. 속은 차마 볼 수가 없었지!

폭우 속을 걸으며 고독을 즐겼다던 우리 의정부댁도 안 보이고. 역시 한양 사는 친구들은 뭔가 달라. 센스가 있단 말이야. 우리 회장님과 재명 씨! 아 글쎄, 화이트모텔인가 거시긴가 가서 때 빼고 광내고 왔드라고, 고새에! 우리 이팔청춘 최고의 감초 재명 씨로 말하자면 사업소 일 마무리하고 새벽 4시에 출발해서 5시에 도착했다는데 하여간 공로패 하나 맹글어줘야 혀! 글구

다음 날 저녁에 복하랑 나랑 만나 또 맥주 마셨으니 타향에서 고향을 지키는 제2의 언덕일세, 그려. 다음에는 자네 집에서 함 뻑쩍지근허게 망가져 보드라고!

12시가 되자 더욱 세차게 몰아치는 비에도 아랑곳하지 않고 그리운 벗들의 얼굴 10여 개가 못다 한 추억을 더듬으며 양지로 양지로 찾아들었다. 얼큰한 보신탕과 구수한 된장찌개가 술에 전 속을 달래주었다. 전국이 장맛비에 젖어가는 시간. 우리도 이야기꽃을 피우며 서로의 가슴을 사랑과 정으로 적시고 있었다. 마지막까지 남아서 마무리를 깔끔하게 정리하는 생전 미소가 사라지지 않는 우리 이사임당 그리고 믿을맨 복하 씨 정말 감사했수다래!

수마의 상처로 얼룩진 모습을 보면서 조금은 미안한 마음도 가져보지만 그래도 수해복구 현장에 나갔다 온 우리 복하 씨처럼 우리 친구들 항상 우리 사회의 음지와 어려운 이웃들에게 따뜻한 손길 보내는 센스도 살아있으이. 코흘리개 어린 시절, 미래의 꿈과 기상을 심어주었던 그 넉넉한 치악의 품에 안겨 일상에 지친 껍데기 다 벗어버리고 더운 가슴과 가슴으로 만나 하나 되어 추억으로 불 밝히며 정을 되새긴 1박 2일! 바쁜 일상 때문에 참석 못 한 친구들에게 간단하게나마 소식 전하며, 오뚝이처럼 다시 일상으로 돌아가 열심히 살자꾸나, 벗들아! 그리하여 다음 가을 모임 때 만나 더 많은 이야기보따리 풀어내야지.

가장 이쁘고 가장 순수한 우리 이팔청춘들! 힘들고 어려운 삶이지만 웃음 잃지 말고 열심히 삽시다. 한겨울의 혹한이 양파의 매운맛을 돋운다고 허덜 않던가.

죽녹원과 소쇄원에서의 힐링 타임

대나무의 고장 담양엘 다녀왔다.

십 년째 장모님과 함께 생활하고 있다. 팔순을 바라보는 장모님이라 기력이 약해지시는 모습을 느낄 때마다 사위의 마음이 무겁기만 하다. 장모님이 요리를 잘하신다고 오래전부터 집안과 인근에 명성이 파다한데 요즘 들어 일등 요리인 해물탕의 간이 짜거나 싱거울 때가 종종 있다. 그럴 때마다 사위는 "역시 장모님이 끓이는 해물탕이 최고"라며 설레발을 떨지만, 속으로는 가슴이 아프다. 바쁜 일상을 핑계로 사위 노릇을 제대로 한 게 없는데 장모님 생신을 기념하여 때마침 아들도 휴가를 나와 가족여행을 감행했다.

아내가 추월산 초입의 펜션에 숙소를 잡았는데 따뜻하고 주변 풍광이 무척 아름다워 식구들 모두 흡족해했다. 멀리 담양호의 푸른 심장이 한눈에 들어오고, 밤새 내린 눈발 덕에 아침이 상쾌하고 일상에 지치고 상처받은 마음이 말끔히 치유되는 느낌이었다. 이른 아침, 새 옷을 갈아입은 나무마다 낯선 손님의 눈길을 살갑게 맞아주었다. 도시에서는 맛볼 수 없었던 색다른 체험이었다. 처음 가보는 죽녹원은 여행의 가치와 격을 한 단계 높여주기에 충분했다. 하늘을 향해 푸르른 기운을 마음껏 발산하는 대나무들, 빽빽한 대나무 숲 사이에서 불어오는 청량한 바람을 폐부 깊숙이 마시며 심신의 찌든 때를 깨끗이 씻어낼 수 있었다. 때마침 내린 새하얀 눈길과 푸른 대나무들이 절묘하게 조화를 이루었다. 말 그대로 청백의 어울림 그 자체였다. 그 옛날 결기 넘치는 초야의 선비들이나 청백리들의 꼿꼿한 기운을 가슴 가득 흡입하는 기분이었다.

한 시간 남짓 돌아 죽녹원 입구에 도달했을 때는 몸과 마음이 완전히 힐링된 느낌이었다. 고즈넉한 분위기에 어울리게 탈속의 경지를 간직하고 있는 소쇄원도 마음속 묵은 찌꺼기를 씻어내기에 충분했다. 다소 빛이 바래고 고답적이기는 하지만 오래된 고택에서 풍겨오는 넉넉하고 아늑한 정감 넘치는 분위기, 삶의 손때와 체취가 느껴지는 자연과 잘 어우러진 살림살이들까지도 유유자적하던 옛 조상들의 삶의 일상적 풍경에 마음이 차분해지고 안정을 찾는 힐링을 체감할 수 있어 좋았다. 눈길에 여러 번 미끄러지는 딸아이의 손을 잡아주고 도란도란 이야기하며 딸아이의 해맑은 웃음도 함께할 수 있어서 더 좋았다.

천안으로 오는 중간에 전주 한옥마을에 잠깐 들렀다. 지난여름 교무실 선생님들과 일박이일로 다녀갔었는데 한겨울임에도

가득한 인파 속에 뜨거운 열기가 넘쳐나고 있었다. 고풍스러우
면서도 편안함을 주는 전동 성당에서의 기도 덕분에 마음의 안
정을 찾는 작은 기쁨도 누릴 수 있었다. 여덟 시쯤 아파트 현관
문을 열고 들어설 때 오랜 운전으로 눈이 빡빡하고 온몸이 피로
했다. 그래도 마음속에 죽녹원의 청아한 대숲 바람과 새하얀 눈
길을 고이 데리고 올 수 있어서 오래도록 기억에 남아 아름다운
추억의 한 페이지를 장식할 달콤한 시간이었다.

아버지의 노래

재작년 무덥던 여름날, 내 아버지는 세상과 담을 쌓았습니다. 예순다섯이라는 나이에 뇌경색으로 쓰러지신 후, 지금까지 두 해째 외롭게 병상 신세를 지고 있습니다. 뱃줄로 죽을 드시기 때문에 저작(음식을 씹는 것)의 즐거움도 모르시고, 천안에서 한 달에 두 번씩 달려오는 둘째 아들을 기억하지 못합니다. 말씀도 못 하시고 일어나 앉지도 못하시고 대소변도 가릴 줄 모르십니다. 아예 갓난아이로 돌아갔습니다.

어린 시절 아버지는 말씀하셨습니다. 이다음에 크면 당신은 꼭 둘째 아들과 둘째 며느리의 따뜻한 밥상을 받으면서 살겠다고 말입니다. 나는 그때 아버지의 그 말을 듣고 우쭐해하면서 어린 마음에 얼마나 기뻤는지 모릅니다. 그런데 둘째 아들은 마흔이 넘도록 한 번도 아버지에게 김이 모락모락 나는 기름진 밥 제대로 해 드리지 못했습니다. 그 옛날 육적처럼 가슴에 노란 귤을 품고 그 귤을 맛있게 드실 아버지의 달콤한 입맛을 생각하지도 못했습니다. 참 많이도 후회가 됩니다.

어리석은 불효자식은 아버지 쓰러지신 후, 밤이면 숨죽여 울면서 참 많이도 베갯잇을 적시고 있습니다. 혼자서 소주 마시는 날도 많이 늘었습니다. 그래도 아버지는 대답이 없으시고, 역시 둘째 아들을 보고는 초점 잃은 눈으로 낯선 사람을 대하듯 합니다. 그런 아버지를 대할 때면 가슴이 미어지고 하늘이 무너지는 것 같습니다. 그래도 둘째 아들은 한 달에 두 번씩 아버지에게로 달려가는 날이 제일 기다려집니다. 비록 둘째 아들의 얼굴을 알아보지는 못해도 아버지의 앙상하고 거친 두 손을 잡으면 그 옛날부터 느꼈던 뜨거움이 가슴 가득 전해옵니다. 이제는 그 순간이 세상에서 가장 마음이 편하고 행복한 순간입니다. 어린 아들이 이제야 철이 들었는데 아버지는 매정하게도 대답이 없으십니다.

산다는 건 어쩌면 부질없는 일일지도 모릅니다. 그러나 내 마음이 의지하고 무거운 발걸음 받아줄 수 있는 대상이 있다는 건 참으로 고마운 일입니다. 비록 의식도 없는 상태지만 아버지가 살아있다는 것만으로도 나는 큰 행복입니다. 눈뜨는 아침이면 제일 먼저 아버지를 생각하고 하루의 장막을 엽니다.

기억의 편린이 살아있는 어린 시절부터 내 인생의 큰 산으로 존재하고 계신 아버지! 말도 못 하시고 의식도 가물가물하신 나의 아버지! 그래도 지상에서 아버지를 아버지라고 부를 수 있는 게 얼마나 다행인지 모릅니다. 아직도 아버지는 내 삶의 등불이자, 메마른 가슴을 적셔주면서 말없이 흐르는 큰 강입니다. 나는 오늘도 복잡한 일상의 한복판에서 열심히 살려고 발버둥 칩니다. 그런 와중에도 남모르게 내 아버지를 위해 두 손을 모으고 기도합니다. 살아가면서 내 아버지를 볼 수 있는 날을 단 하루라도 더 연장시켜 달라고요. 그리고 오늘도 나는 또 아버지를 불러봅니다.

아버지의 노래

"느 아부지 아무래도 망령 들었나 부다."
한여름 햇살이 불꽃처럼 녹아내리던 날
아버지는 마지막 추억을 노래하듯
새파란 은행을 마당 가득 떨어놓고는
기억의 소자마저 훌훌 떨어내 버린 채
예순다섯 세월의 문을 안으로 안으로 닫아걸었다.
바람은 오늘도 꽃잎 날리며 사선으로 유영하는데
다섯 자식 악다구니에 끝내 무너져 내렸다.
이따금, 지상의 열린 틈으로 던지는 메마른 시선
눈물로 토해내는 저 깊은 내면의 응어리들
세상을 부여잡은 마지막 인연의 끈마저

한 올 한 올 풀어내고 계시나 보다.

홍두깨보다도 더 가늘어진 허벅지

살가죽은 오래된 수건처럼 거칠어지고

얼마나 남았을까, 고통을 동반한 이승에서의 추억은

사위어 가는 어둠

굽이치는 세월의 잔해 위로

하얗게 부서져 내리는 내 아비의 거친 숨소리

　해마다 가을이면 온 식구가 모여 담장 가 아름드리 은행나무의 은행을 떨었습니다. 은행알의 악취 속에서도 모두 하나 되어 은행을 떨고 모으고 정리한 후, 다 함께 저녁을 먹었습니다. 아들딸, 며느리 사위 그리고 손자 손녀들과 함께하는 그 하루가 아버지에게는 행복이고 추억과 다름 없을 것입니다. 그날도 한여름이었는데 주말에 다니러 온 막내 사위와 함께 익지도 않은 새파란 은행을 한 양동이나 떨셨다고 합니다. 그리고 그날 저녁 쓰러지셨고 의사는 뇌경색이라고 했습니다. 엄마는 아버지가 노망났다고 했지만, 아버지는 아마 자신의 운명을 아셨나 봅니다. 그래서 새파란 은행을 떨며 가족들과의 마지막 추억을 즐기셨으리라 생각하니 가슴이 아픕니다.

할반지통(割半之痛), 동생을 그리며

동생이 떠났다.

온 인류가 기쁜 마음으로 아기 예수의 탄생을 맞이하는 12월 24일 밤, 쉰세 살이라는 짧은 생을 스스로 마감했다. 할반지통 (割半之痛). 형제간의 사별을 온몸이 찢기는 고통에 비유한 말처럼 아프다. 너무 아프다.

어릴 때부터 너무 순하고 착해 울음도 별로 없었고, 매사 긍정적이고 웃는 미소가 해맑은 아이였다. 동생이 다섯 살 무렵이었던가. 부엌으로 연결된 마루에서 놀다가 중심을 잃고 넘어져 끓는 물 속에 한쪽 팔이 빠지는 사고가 있었다. 기겁한 엄마가 옷을 벗기고 찬물에 담그며 어쩔 줄 몰라 했다. 우리 형제들도 안타까워하며 엄마와 동생의 표정만 살폈다. 끝내 엄마는 어린 아들을 감싸 안으며 눈물을 보였는데, 정작 동생은 그런 엄마를 물끄러미 바라보며 울음을 그치고 오히려 우는 엄마를 달래는 것이었다. 연고를 발랐으나 살갗이 벗겨지고 염증이 생겨 무척이나 아팠을 텐데, 또 엄마가 울까 봐 아프냐고 물으면 안 아프다고 고개를 저었다. 어릴 때부터 그런 동생이었다. 그런 성정으로 평생을 살았다. 세월이 흘러가도 동생의 왼쪽 팔은 화상의 상흔이 선명히 남아있었다.

세상사 희로애락 중 가족과의 사별이 가장 큰 아픔이라고 했다. 할머니의 죽음과 아버지의 죽음으로 인한 슬픔도 세월이 감싸주고 위로해 준 덕에 이겨냈는데, 동생의 죽음을 확인한 그 밤의 심정과 6개월이 지난 지금의 마음이 그대로다. 아니 갈수록 마음의 동요와 사무치는 감정을 어찌할 줄 모르겠다. 고통의 수렁에서 한 발짝도 헤어나지 못하고 있다. 오히려 더 생각이 나고 더 아프고 더 그립다.

다섯 남매를 낳고 키우느라 고생하신 아버지가 뇌경색으로 쓰러져 3년 3개월을 의식 없이 사셨다. 그런 아버지를 위해 동생은 직장을 그만두고, 자식의 얼굴도 알아보지 못하는 아버지를 보살폈다. 뱃줄로 죽을 넣어드리고, 약을 타 드리고, 대소변을 받아냈다. 하루에 한 번씩 하루도 거르지 않고 목욕을 시켜드렸다. 말 그대로 지극정성이었다. 한 달에 두어 번 천안에서 달려가는 나로서는 동생이 한없이 고맙고 또 미안했다. 그럴 때마다 동생은 일상이 돼서 하나도 힘들지 않다며 오히려 미안해하는 형을 안심시켰다. 그때 동생은 천사였다. 긴 병에 효자 없다는 말이 동생에게만큼은 해당되지 않았다. 동네에서 효자로 소문이 났고 기관장 표창까지 받았다. 엄마 아버지의 말을 거스르는 적이 없었고, 형제들의 말을 부정하는 모습을 보지 못했다. 매사 긍정적인 동생이었다.

아버지가 돌아가신 후, 공인중개사 자격증을 취득해 열심히 생활하며 엄마를 모시고 평범한 일상을 꾸려나갔다. 그런데 뜨내기 오너의 권유로 참여한 택지 개발 사업의 부도, 이혼의 아픔이 동생을 힘들게 했다. 형제들의 지원도 큰 도움이 되지 못했다. 오너의 배신에 더욱 힘들었을 동생이지만 천성 그대로 별 내색하지 않고 연로하신 엄마와 농사를 지으며 일상에 충실했다. 다행이었다. 예의 바르고 성실한 성격이라 동네 어르신들의 권유로 아무도 원치 않는 통장 일을 맡아 마을을 위해 봉사했다. 동네 어르신들의 농사일도 제 일인 양 거들고, 트랙터를 비롯한 자신 소유의 농기계를 동네 공용으로 내어 줄 정도로 마음 씀씀이가 넉넉했다. 그런 동생을 엄마가 타박하는 모습을 가끔씩 볼 때마다, 내 동생이지만 참 착하고 사회에 한몫하는 아름다운 청년이란 생각에 마음이 뿌듯하기도 했다.

한 달에 한 번 정도 고향을 방문해 동생과 술잔을 기울이며 가끔 세상 사는 어려움도 토로하기도 했는데 마음의 동요를 전혀 느끼지 못했다. 그때마다 다행으로 받아들였는데 지금 생각하면 너무나 아쉽고 세심하지 못한 나 자신이 너무나도 후회스럽다. 화불단행(禍不單行)이란 말처럼 겹겹이 조여오는 난제에 심리적 부담을 감당하기가 벅찼을 것이다. 동생의 마음을 열고 좀 더 허심탄회하게 내면의 어두운 그림자를 거둬내도록 도왔어야 했는데 그러지를 못했다.

동생이 세상과 가족을 배신한 거라 생각했는데, 돌이켜보면 세상이 동생을 배신한 것이다. 믿었던 사람들에게 상처받고 괴로움에 잠 못 이룬 동생을 생각하면 한없이 가엾고 후회가 크다.

동생이 세상을 등진 날도 사실은 아내와 함께 고향에 가기로 했고 늘 그랬듯 동생과의 저녁을 약속했었다. 그런데 성당에서 사회복지 봉사활동이 잡히는 바람에 약속을 어길 수밖에 없었다. 신자로서 성당 봉사활동에 충실히 임해 왔지만, 그날만은 동생과의 약속을 지켜야 했는데 그러지를 못해 한없이 후회스럽다. 그날 이른 저녁부터 전에 없는 통음(痛飮)을 하며 형을 기다렸을 동생을 생각하니 너무 미안하고 고통스럽다.

후회해 봤자 무슨 소용이란 말인가. 동생의 그 선한 얼굴을. 그 너털웃음을 더 이상 볼 수 없다는 사실이 나를 미치게 만든다. 꿈속에서라도 보고 싶은데 엄마를 비롯한 형제들의 꿈에 한 번도 나타나지를 않는다. 동생을 잘 아는 사람들은 동생이 천국에 갔을 것이라고 나를, 우리 가족들을 위로하곤 한다. 나도 그럴 것이라고 자위하고 기도하지만, 죽어서라도 가족들에게 부담을 주지 않으려는 동생의 마음일 거란 생각이 앞설 때면 더 착잡하고 괴롭다.

부모가 죽으면 산에 묻고, 자식이 죽으면 가슴에 묻는다고 했다. 53년을 한 핏줄, 한 가족으로 고락(苦樂)을 함께한 동생이 죽었는데, 아무 곳에도 묻지를 못했다. 아니 그 어디에도 묻을 수가 없다. 감정 소비가 일상이 돼버렸다. 그냥 평생 함께할 수밖에 없을 것 같다. 그게 내가 감당해야 할 몫이다. 내 운명이다. 그저 일상의 순간순간마다 생각난다. 그때마다 두 손을 모아 용서를 빌며 영혼의 안식을 기도한다.

사별의 고통은 살아남은 자의 몫이라고 했다. 형제들이 겪는 고통이 너무나 크다. 우리 형제들보다도 구순을 바라보는 늙은 어미의 고통스러운 모습을 바라볼 수가 없다. 밤마다 술 없이는 잠을 이루지 못하신다. 숨죽여 통곡하는 비통한 단장(斷腸)의 울음을 들으며 내가 받아야 할 고통의 무게를 헤아리며 눈을 감는다. 그리고 샘물처럼 맑은 영혼의 동생을 조용히 불러본다.

생사가 어찌 혈육 간의 우애와 사랑을 떼어놓을 수 있으랴.

사랑하는 동생이 너무나 보고 싶다.

너를 보내고

영하의 혹한 속으로 스러진 너
먼 길 떠나보내고 집으로 돌아오는 길
너 없는 세상이 온통 암흑이다.

눈물은 마르지 않는 샘

불 꺼진 너의 창에 기대어 속울음을 삼켜도

돌이킬 수 없는 운명 앞에

처연히 무너져 내리는 육신

살아남은 죄인이기에 감당해야 할

온몸이 찢기는 할반(割半)의 고통

네 이름 석 자를 맴돌며 명멸하는 기억들이

아프게 아프게 가슴을 찌른다.

악다구니 세상 속, 샘물처럼 맑았기에

한없이 외로웠던 영혼

그렇게 너의 짧은 한 생애가

속절없이 가슴을 후벼파는데

늙은 어미가 토해내는

단장의 피 울음만이 선연한 이 밤

나는 또 너를 숨죽여 불러본다.

_ 한해의 끝자락 12월 27일 깊은 밤에

사랑하는 작은형이

화련, 타이루거 협곡에서 울다

대만 여행 둘째 날, 해가 밝았다. 새벽 공기를 가르는 오토바이 소리에 의식의 촉수들이 서서히 깨어나고 있었다. 타이베이역에서 기차를 타고 세 시간여를 달려 도착한 곳은 화련. 타이루거 협곡이 끝없이 인간의 발길을 유혹하는 아름답고 깨끗하고 한적한 곳이다.

말로만 듣던 타이루거 협곡은 생각과 몸을 오한에 떨게 만들었다. 국공합작 당시 장개석이 본토 공산당으로부터 화를 면하기 위해 숨어들었던 곳, 그 이유가 아니라 화련의 아름다움에 취했다고 하는 것이 더 옳다고 착각할 정도로 깎아지른 절벽, 수십 미터를 수직 낙하하며 아름답게 산화하는 폭포, 그 절벽 아래로 흐르는 검푸른 협곡 물, 각종 기이한 형상을 띠고 있는 바위들, 구곡동(九曲洞)으로 들어가면 갈수록 가슴은 떨려오고 흥분이 가시질 않는 것이 눈물이 나올 정도였다. 과연 동양의 그랜드캐니언이라 부를 만큼 그 풍광이 아름답고 신비로웠다.

그리고 바위를 깨고 터널을 뚫기 위해 동원된 군인들이 삼만을 헤아리고, 49년 동안 이어진 역사(役事)로 청춘을 빼앗기고 또 비명에 간 넋들을 생각하니 가슴이 저렸다. 결코 바꿀 수 없는 자신의 운명을 망치와 정으로 두드리다가, 두고 온 아내와 자식들, 사랑하는 부모를 그리워하다가 협곡에서 잠든 영령들의 삶이 너무도 안쓰러워 눈물을 쏟고 말았다. 만리장성도 그렇고 앙코르 와트도 그렇고 무소불위 권력자의 욕심에 의해 스러져 간 수많은 백성들의 설움이 짙푸른 협곡 물결을 따라 흐르고 있었다. 정도의 차이는 있지만 예나 지금이나 권력과 강압에 허덕이는, 강대국의 야욕에 전쟁의 포성이 고요와 평화를 깨트리며 가슴을 짓누르는 현실이 안타까울 뿐이었다.

협곡으로 가는 길을 닦기 위해 동원된 죄수와 군인 아들들을 위해 그들의 어미들이 애타는 모정을 도시락에 담아 오르내리던 곳, 그 애타는 모정을 기리기 위해 만들었다는 자모교(慈母橋)에 이르러 또다시 눈물을 쏟고 말았다. 세상 그 어느 부모 마음이 이와 다르랴마는 타이루거 계곡에다 자식을 묻어야 했던 부모들의 한숨 소리와 비통함이 계곡을 울리는 듯했다. 평생을 농사와 직장 생활로 힘겹게 살다가 뇌경색으로 한 많은 삶을 마감하고 계신 예순일곱 아버지의 모습이 눈앞에 아른거린다. 다섯 자식 악다구니에 지쳐 세상의 문을 닫아걸고 의식의 끈을 놓으신 불쌍한 내 아비, 건강한 모습으로 자식들과 함께 이 아름다운 화련의 경치를 함께한다면 평생 여한이 없을 텐데, 못난 자식의 흐르는 눈물을 들키지 않기 위해 일행의 후미로 처질 수밖에 없었다.

여행은 늘 나를 되돌아보고 새로운 자화상을 바라보게 한다
는 말이 새삼스럽게 떠오른다. 일상에 때 묻고 지친 심신이 수려
한 풍광 앞에서 발가벗겨지고 있었다. 아빠의 선물과 무사 귀국
을 바라는 사랑스러운 아내와 아들딸, 평생을 고생만 하시다 병
마와 싸우고 계신 내 아비와 어미, 가슴이 저며 온다. 민중들의
피 흘림으로 만들어지는 역사의 현장에서 그날의 비명과 한숨을
생각하면 가슴이 무거워지고 있었다. 수백 길 낭떠러지를 아슬
아슬하게 내려오는 길이 마치 우리네 인생의 곡예를 보는 것 같
았다. 신이 빚은 자연의 아름다움과 이름 없는 민중들의 피 흘
림, 그리고 나를 닮은 내 아비의 삶 앞에서 삼색 눈물이 가슴에
도랑을 내며 흘러가고 있었다. 화련, 타이루거 협곡에서 나는 거
푸 눈물을 쏟고 신열에 몸살을 앓았다.

긴 이별, 해후(邂逅) 그리고……

하나

인생은 통과의례의 연속이라고 한다. 그런 속에서 소금에 몸을 맡긴 생선들이나 고강도 항생제를 처방받은 환자처럼 제 영육(靈肉)을 지키며 견뎌 나가는가 보다. 나도 예외는 아니다. 비록 입지전적인 삶과는 거리가 먼 지극히 평범한 인생이고, 감당키 어려운 부침(浮沈)이 있었던 것도 아니지만 그래도 크고 작은 사건들이 없지는 않았다. 그런 사건들이 마음에 앙금으로 남아 내 삶의 소시민성을 키웠다고 생각한다.

내 삶의 한때를 누군가에게 보여주라면 나는 세상의 풍파를 몰랐던 유년 시절을 끄집어내고 싶다. 지금껏 단 한 번도, 그 누구에게도 보여주지 않은 나만의 이야기를 말이다. 초등학교에서 중학교로 넘어가던 사춘기 시절. 지금 생각하면 심약한 정신세계 탓도 없진 않지만 나름의 심각한 고민과 출구 없는 방황을 해야 했다. 그러곤 스무 살 청춘과 서른의 고개를 넘으면서 고요와 안정의 보금자리를 찾아가기 시작했다. 그런데 얼마 전, 유년의 상흔을 되새기는 꿈결 같은 일대 사건이 있었다. 그렇다. 분명 사건이라고 해야 적절할 것이다. 그것은 지금껏 그저 과거 속의 아련한 추억으로만 간직하고 있었던 한 시절 내 삶의 아픈 이야기이다. 그런데 그 사건을 계기로 삶은 단절이 없는 인과적 연속선상이라는 인식과 함께 인연(因緣)에 담긴 함의를 새롭게 생각해 보는 요즘이다. 떨리는 마음으로 오래된 일기장을 넘기듯 추억의 페이지를 조심스레 펼친다.

둘

- 형규니? 나야 은실이……. 내가 누군지 알겠니?
- 아…… 은실이? …… 오랜만이야. 이렇게 연락이 되는구나.
- 잊지 않았구나. 사실 좀 더 일찍 연락할 수도 있었는데…… 미안해. 잘 지냈지?…….
- 어, 그래. 그런데 어떻게…….

실로 37년 만이었다. 잔잔한 호수에 파문이 일듯 감당하기 어려운 충격이었다. 14살 늦가을에 치악산 아래 고향마을을 울면서 떠나갔던 은실이, 소년은 그 소녀를 정말 꿈결에서처럼 만났다. 전화 통화를 끝내고 한동안 멍하니 허공만 바라보았다. 한번 맺은 인연은 어떤 식으로든 또다시 연결된다는 말이 믿기지 않을 정도로, 말 그대로 해후(邂逅) 그 자체였다. 세월의 풍파 속에서 까맣게 잊었던 이름, 김은실. 저 깊은 가슴 속에서 빛바래고 풍화되어 버린, 아련한 첫사랑. 첫사랑이란 말이 어울릴지는 잘 모르겠다. 아직 마음이 여물지 않았던 어린 나이였기에 요동치던 감정의 갈피를 잡지 못하고, 끝내는 마음에 상처로 남은 14살의 사랑과 이별 그리고 방황이었다. 그런데 37년 동안 끊겼던 14살 소녀와의 가녀린 인연의 끈이 다시 연결되는 순간이었다.

가난한 살림에 술 없이는 단 하루도 살지 못하는 주정뱅이 아비, 남들처럼 중학생이 되어 풀 먹인 하얀 깃의 셔츠와 스커트 교복을 입어보고 싶어 했던 소녀. 그러나 아쉽게도 그 꿈을 접어야 했다. 꿈을 잃은 상실감에 젖은 채, 집안일을 돕던 소녀는 병든 아비와 고된 농사일을 감당하기에는 너무나도 가녀린 엄마와 어린 두 동생을 데리고 외가가 있다는 충청도 어드메 시골로 바람처럼 사라져 버렸다. 그렇게 흔적도 없이, 단지 아쉬움만을 남겨두고 소녀는 소년 곁을 떠나버렸다. 이사 가기 전날 밤, 소녀와 함께 다니며 추억을 수놓았던 초등학교 교정에서 소녀를 마지막으로 만났다. 도란도란 이야기꽃을 피우며 함께 다녔던 등하굣길, 동네별로 조직된 애향단의 단장과 부단장으로서 일요일마다 동네를 청소하며 꽃길과 꽃밭을 조성했던 일, 동네별로 한 팀이 되어 치른 초등학교 운동회, 여름날 개울가에서 미역 감던 일들을 떠올리며 꽤 늦은 밤까지 석별의 아쉬움을 달래었다.

그날 밤, 소녀는 사립문 앞에서 고향마을을 떠나기 싫다며 끝내 참았던 울음을 터트리고 말았다. 슬피 우는 소녀 앞에서 까까머리 중학생은 아무 말도 할 수 없었다. 서로 연락하고 다시 만나자는 그저 뜬구름 같은 약속을 달 없는 캄캄한 허공 속으로 날려 보냈다. 그렇게 기약 없는 이별이었다.

얼마 후 소녀에게서 기다리던 소식이 날아왔다. 낯선 곳에서의 힘겨운 삶과 다시 고향의 품으로 돌아가고 싶은 간절한 마음을 한 글자 한 글자 육신을 도려내듯 체화된 편지였다. 아마도 가누기 힘든 마음을 쏟아내듯 하얀 종이를 채워나간 까만 연필 글씨, 진한 눈물도 몇 방울 흘렸으리라. 편지를 읽는 내내 소년은 설레는 가슴을 말로 표현하기 어려웠다. 그런데 그렇게 반가운 편지를 다 읽어내고서도 소년은 이내 감당하기 어려운 절망을 느껴야만 했다. 밤새도록 써도 다 쓸 수 없을 만큼의 만감이 넘쳐나는데도 답장을 쓸 수가 없었다. 말로는 채 할 수 없어서 가슴 가득 꼬깃꼬깃 접어두었던 그 많은 사연을 펼칠 수가 없었다. 무슨 이유에서인지 소녀가 보낸 편지에는 발신인 이름만이 오도카니 송아지 눈망울처럼 껌뻑거릴 뿐, 주소가 쓰여 있어야 할 자리에는 하얀 여백뿐이었다. 발신 주소가 없는 편지 봉투를 물끄러미 바라보던 소년은 알 듯 모를 듯한 혼란 속으로 빠져들었다. 그리고 한 달여 뒤, 아버지의 병세가 심해져 피를 토한다는 절망적인 아픔과 함께 언젠가는 다시 만나게 되리라는 내용의 편지를 받은 후로는 전혀 소녀의 소식을 접할 수가 없었다.

발신 주소가 없는 편지일망정 그것마저도 영영 마지막이 될 줄
은 까맣게 몰랐다.

그해 늦가을부터 이듬해 봄꽃이 흐드러지게 피었다가 지고,
소나기가 내리고, 가을이 깊어져 갈 때까지 사춘기 소년은 오래
도록 몸살을 앓아야 했다. 이유 없이 들판을 거닐기도 하고 이제
나저제나 오지 않는 소식을 기다리다가, 소녀가 원망스럽고 못
견디게 그리운 날 밤에는 소녀가 살던 집 사립문 앞을 서성거리
기도 여러 날이었다. 그렇게 시간은 흐르고 낙엽이 지고 눈이 내
리기를 여러 해, 소녀의 이름도 달아나는 시간의 소용돌이에 휩
쓸려 끝내는 소실점이 되어 사라져 버렸다. 인간에게 망각의 소
자가 있다는 것이 불행인지 다행인지 모를 일이지만 세월은 소
년의 아픈 상처를 가지런히 보듬어 주었다. 그렇게 소년의 기억
속에서 소녀는 하얗게 잊혀 갔다.

그런데 37년이 지난 2015년 가을, 약속이나 한 듯 14살 소녀
가 중년의 소녀가 되어 거짓말처럼 첫사랑 소년 앞에 나타났다.
문명의 시대, SNS 밴드를 통해 그리운 이름을 찾았다고 했다.
아니, 정확히는 어린 시절의 그리움과 추억이 빛바랜 인연의 끈
을 찾아내었다고 해야 맞을 것이다. 사춘기 소년의 가슴에 동그
마니 깊은 슬픔만 던져주고 떠난 곳, 발신 주소 자리에 선연하게
쓰여 있었어야 할 그곳, 소년의 가슴 속에서 달아난 소녀가 숨

바꼭질하듯 숨었던 그곳, 그 충청도 어드메가 바로 물 맑고 기름진 충청북도 옥천임을 알아내는 데에는 37년이 걸렸다. 인연이란 무엇일까. 삶이 왜 이래야 하는 것일까. 그동안 세월의 흔적을 어찌 다 말로 할 수 있으랴. 시간이 인생을 저만치 앞질러 가는 시대를 탓할 수밖에.

셋

소년과 소녀는 대전의 한 조용한 한식집에서 만났다. 소년과 소녀는 점심을 먹으며 추억 속을 거닐며 오래도록 미뤄둔 시간여행 길에 올랐다. 초등학교 6학년이 다 저물어 가던 어느 가을날의 하굣길, 남의 논농사를 지으며 살아야 했던 소녀네의 가난한 삶, 밑으로 두 동생 그리고 술꾼 아비의 병마 때문에 소녀는 중학교 진학을 포기해야 한다고 힘없이 말했다. 그날 이후, 어두운 그림자를 드리운 소녀의 웃음기 잃은 얼굴을 바라보는 소년의 마음도 답답하고 무겁기만 했다. 실어증 환자처럼 급격히 말수가 줄어든 소녀를 달래줄 방법을 찾지 못하고 소녀 곁을 맴돌며 그저 안타깝게 바라만 보았다.

한 해가 저물어 가던 6학년 초겨울, 울고 싶은 사람 뺨 때려주는 격이랄까. 소년은 중학교에 진학하지 못하는 소녀의 아쉬운 마음을 달래고 싶었다. 삼촌에게서 들은 검정고시를 운운하며 상심에 젖은 소녀의 마음을 어설프게 어루만져 주던 소년. 값싼 동정이었을까. 눈을 흘기고 앞서 뛰어가는 소녀를 물끄러미 바라보던 소년. 그 자리에 선 채 석상이 될 수밖에 없었다. 그렇게 소년 앞에서 까만 점으로 소실되어 사라진 소녀의 뒷모습이 37년이 지난 이 가을에, 불에 덴 화인(火印)처럼 소년의 가슴에서 새로운 불씨로 피어나고 있었다. 소녀와의 인연을 돌이키면 아련하면서도 가슴 한켠이 저려온다. 잊을 수 없는 아픔의 편린이다.

추억 속으로 시간여행을 하며 돌이켜보니 안개가 걷혀가는 들녘처럼 어렴풋한 기억들이 새록새록 살아난다. 술꾼 아비의 심부름으로 혼자서는 들기 무거운 대두짜리 소주병을 사 안고 가던 소녀, 그런 자신을 물끄러미 바라보는 소년의 시선을 피해 부리나케 사립문 속으로 달려 들어가던 소녀, 술에 취해 주사를 부리는 아비를 피해 소년과 함께 동구 밖을 거닐며 아비를 원망하던 소녀의 모습. 실루엣처럼 아련하다. 가정적 불행과 가난에 힘들어하던 어린 소녀에게 소년은 의지할 수 있는 작은 언덕이었다. 그런데 소년이 중학생이 되고는 함께하는 시간이 뜸했다. 소녀가 의도적으로 소년의 시선을 피했을 것이다. 소년의 모습을 볼 때마다 상처 입은 짐승처럼 아픈 자존심을 달래며 우울해하기도 했을 것이다. 그러면서도 가끔은 새까만 교복을 입은 까까머리 중학생이 자전거를 타고 오가는 모습을 부러움의 시선으로 몰래 훔쳐보기도 했을 것이다. 때로는 같은 마을 중학생 여자 애들과 도란도란 이야기를 나누며 아침 버스를 기다리는 소년의 모습이 아프게 아프게 가슴을 후벼 팠을 것이다.

그렇게 소녀는 서로의 처지와 갈 길이 다름을 서서히 인식하면서 소년을 원망하기보다는 기억 속에서 지우는 연습을 수없이 반복했을지도 모른다. 소년에게서 사라지는 상상을 하며 눈물로 밤을 지새운 날도 있었을 것이다. 옥천으로 이사 온 후, 소녀의 아비는 지병인 간경화가 심해져 쥐꼬리만 한 재산을 알뜰히도 바닥내었다. 그러곤 텅 빈 통장 잔고를 확인이라도 했다는 듯이 마흔을 몇 달 앞둔 어느 날 짧은 생을 마감했다. 옥천 생활 세 해째였다. 아픈 가정사를 한숨과 함께 토해내는 소녀의 말꼬리에 쓸쓸한 미소가 묻어 있었다.

늦은 오후, 소년과 소녀는 대전을 벗어나 옥천으로 차를 돌린다. 소녀가 청춘의 절망과 가난의 굴레를 힘겹게 견뎌내야 했던 곳, 아픈 기억이 서려 있는 옥천은 조용하고 아늑하다. 옥천 읍을 한 바퀴 돌고 나서 찾아간 그리 멀지 않은 공동묘지. 야트막한 야산 뒤쪽에는 자작나무가 병풍처럼 펼쳐져 있다. 양지바른 산비탈 초입에 소녀의 아비가 안식을 취하고 있다. 소녀는 노란 화분을 아비의 머리맡에 살며시 내려놓는다. 따스한 햇살이 가득히 내리쬐는 작은 봉분. 아비의 무덤 앞에 꽃 같은 소녀가 무릎을 꿇고 조용히 두 손을 모은다. 설움 많은 생을 살다가 자신보다도 더 이른 나이에 세상을 등진 아비를 위해 오랜 기도를 드린다.

아비 앞에서 국화꽃보다 더 예쁘고 더 청초하게 피어나는 소녀. 그 모습을 바라보던 소년도 돌아서서 이내 눈물을 훔친다. 하늘로 시선을 던진다. 옥빛이다. 금방이라도 푸른 바닷물이 흘러내릴 듯하다. 푸른 물이 맑디맑은 햇살이 되어 쏟아진다. 소년의 마음도 가을 햇살을 받아 붉게 물든다. 아직도 소년의 정지된 시간 속에는 까만 단발머리와 하얀 피부의 14살 소녀가 똬리를 틀고 있다. 저녁 햇살을 받아 촉촉이 젖은 소녀의 얼굴, 그 엷은 미소가 옥빛 하늘보다도 더 서럽다. 멀리 포도에는 문명을 실은 차량들이 가을 속으로 질주한다. 어찌 세월을 탓할 수 있으랴. 노란 국화꽃을 닮은 소녀의 옆모습, 늦가을의 햇살 아래 여전히 맑고 가녀리다. 까까머리 중학생 소년의 가슴에서 살아 숨 쉬는 14살 소녀, 자취 없이 사라진 세월, 소년과 소녀를 비껴간 야속한 운명, 그 무엇도 원망할 수가 없다. 다만, 다만, 아쉬운 시간만이 흘렀을 뿐이다.

중년의 소녀는 안개의 도시 무안에 산다고 했다. 홀어머니가 대전에 살아 가끔 다니러 오는데, 그때마다 치악산 아래 고향마을이 사무치게 그립기도 했는데, 그때마다 친구들과의 추억을 더듬곤 했단다. 이따금 소년이 보고 싶고 어떻게 변했을까 궁금하기도 했단다. 또 가끔은 홀로 추억에 젖느라 멍해진 자신의 모습을 자식들에게 들키고는 홍조 띤 얼굴로 그 시절 이야기를 풀어놓기도 했단다. 그럴 때마다 하굣길 가방을 대신 들어주던 상고머리 소년, 빨갛게 불타는 저녁 해를 등에 실은 채 자전거를 타고 오던 까만 교복의 까까머리 중학생을 떠올리기도 했단다.

넷

인간은 생의 절반을 넘으면서부터는 추억을 먹고 산다고 어느 시인은 말했다. 그런데 그 추억이 소년에게는 아름다운 아픔으로 남아있다. 소녀의 마음은 어떨까. 소녀의 마음도 소년을 닮아있을까. 부질없는 상상일 뿐이다.

청춘의 아픔과 또 다른 추억이 서려 있는 옥천을 뒤로 하고 돌아오는 차 안에서 소녀는 시간여행을 끝내고 현실로 돌아와 있었다. 남편과 함께 전라도 무안에서 20년째 도자기 사업을 하고 있는데 불황 속에서도 안정적으로 생활하고 있다는 말을 빼놓지 않았다. 소녀의 이야기를 묵묵히 듣고 있던 소년도, 유년 시절을 추억으로 더듬는 소녀의 여유로운 모습에 마음이 한결 가지런하고 편안해졌다. 소년은, 무안에 꼭 놀러 오라는 소녀의 말을 차창 밖 문명 속으로 던져주었다. 소년이 무안을 방문하는 일은 없을 것이다. 왠지 까만 머리에 하얀 피부의 소녀를 가슴 속에서 잃어버릴 것만 같기 때문이다. 소년은 천안으로 돌아와

서도 한동안 어린 시절 추억의 그림자에 갇혀 지냈다. 밤이 늦어서야 잠이 드는 날도 있었다. 수업하는 도중에도 멍하니 창밖을 내다보는 모습을 아이들에게 두어 번 들킨 것을 보면 살짝 몸살을 앓기도 했던 것 같다.

소년이 소녀를 37년 만에 만났지만, 다시 만나기까지는 그보다 더한 시간이 필요할지도 모르겠다. 그것은 현실보다도 추억의 그림자가 더 편하고 더 아늑하고 더 살갑게 느껴지기 때문이리라. 그 달콤한 추억의 향기가 새로운 원동력이 되어 소년의 또 다른 삶의 여백으로 작용할지도 모른다. 그리고 시간의 수인(囚人)이 되어버린 14살 소녀와 까까머리 중학생, 그들이 세월의 중심에 서서 서로가 한 가정의 행복을 책임진 현실을 위안으로 삼을 수 있다는 게 다행스럽다. 그래도 아주 가끔은 아이들을 잃어버린 텅 빈 운동장처럼 세월 속으로 떠나버린 소녀의 뒷모습을 그리워할지도…… 소년의 가슴에 새겨진 소녀의 까만 머릿결과 낮달처럼 새하얀 얼굴을 떠올릴지도…… 그렇게 소녀의 풍경이 선사하는 미증유(未曾有)의 아픔에 오래도록 신열(身熱)을 앓을지도 모를 일이다.

한 줌 바람이 소년의 볼을 스친다. 일상이 차다. 마지막 계절이 오기 전에 옷깃을 여며야겠다.

옥천에서

- 공동묘지에 누운 벗의 아비를 기리며 -

늦가을 오후

봉분이 너무 작아 오히려

옥빛 하늘이 눈부시게 서러웠다.

자작나무 처녀애들

새하얗게 부끄런 나신들 사이로

네 아비가 버린 세월이

저만치 웅크린 채 말이 없었다.

막소주 한됫병과 바꾼 인생이

저리도 덤덤하고 처연할 줄이야.

이승과 저승

그 눈물 속으로 가라앉은

세상살이의 설움

저 멀리

줄달음치는 포도 위로

살가운 저녁 햇살만이

붉은 울음을 토해내고 있었다.

내 삶의 든든한 뿌리

몸살
- 유년기의 소녀를 위한 비망록 -

살포시 눈을 감았다.
유년의 여울목
거기 어디쯤에선가
귓불을 뜨겁게 데우던 바람의 숨결
낮달 같은 소녀는
세월 속으로 떠나버렸다.
까맣게 반짝이는 머릿결만이
추억처럼 일렁거리는데
명멸하는 여린 기억 속으로
자박자박 걸어오는 소녀의 발자국
메말랐던 가슴에 노을처럼 물이 드는데
꽃 이파리 화인(火印) 되어 아프게 아프게 피어나는 밤

3장
사유(思惟)하며 바라본 세상

벚꽃은 다시 피어나는데

　인간의 망각 소자를 마음대로 조절할 수만 있다면 나는 세월호가 침몰하던 그날을 기억에서 지워버리고 싶다. 기억의 주머니 속에서 완전히 꺼내버렸으면 좋겠다. 세월호의 어린 영혼이 유명을 달리한 지도 벌써 1년이다. 그런데 우리는 무엇을 했는가. 부끄럽게도 우리는 아무것도 하지 못했다. 시간이 멈춘 2014년 4월 16일에서 단 한 발짝도 더 나아가지 못했다. 우리 모두의 양심도 세월호와 함께 깊고 컴컴한 바닷속으로 깊이 가라앉았다. 침몰의 원인 규명도, 책임자 처벌도, 순수하고 어린 영혼들의 아픔을 달래주는 그 어떤 조치도 취하지 못했다. 우여곡절 끝에 특별법이 국회를 통과했지만 정작 아무 역할도 하지 못하고 있다. 보이지 않는 존재들이 끝없이 훼방을 놓고 있는 듯하다. 그것은 다름 아닌 우리들의 양심이요, 가여운 영혼들 위에 군림하는 무소불위의 권력자들이다. 어린 영혼들 앞에 그저 부끄럽기만 할 뿐이다.

　세월호 사건 1주기가 다가온다. 정부는 아이들의 몸값을 들고 보상금 운운하며 흥정을 하자고 한다. 아이들이 왜 그 깊은 어둠 속으로 빨려 들어갔는지 원인도 제대로 밝히지 못했는데 말이다. 일부 사람들은 보상금을 염두에 두고 자식 장사 잘했다고 비아냥거린다. 참으로 어처구니가 없다. 저들의 가슴에는 차디찬 심장만이 존재하는가 보다. 저들의 머릿속에는 아이들의 억울한 마음과 고통스러운 죽음 따위는 안중에도 없는 게 분명하다. 그렇지 않고서야 어찌 인간으로서 해서는 안 될 못된 발상을 할 수 있단 말인가.

봄이다. 여전히 벚꽃들은 다투어 꽃망울을 터트리고 있다. 천여의 교정에도 봄꽃들이 순백의 아이들과 어우러져 화사하게 피어나고 있다. 그런데 왠지 여느 해 4월과는 다르다. 아픈 4월이다. 가슴 한켠에 우리 아이들과 똑같은 슬픈 영혼의 아이들이 자리 잡고 있기 때문이리라. 채 피지도 못하고 깊은 어둠의 나락으로 추락해 고통 속에 숨을 거둔 아이들을 생각하면 가슴이 저려온다. 사뭇 아프다.

지난해 11월, 아내와 둘이서 뒤늦게 팽목항을 방문했다. 콘크리트 바닥에 웅크리고 앉아 하염없이 바다를 바라보던 여인이 떠오른다. 돌아오지 않는 남편을 기다리던 중년 여인의 사부곡이 애절하게 가슴을 후벼 판다. 아이들과 함께하다가 끝내는 숨을 거둔 채, 아직도 차디찬 바닷속을 부유할 학생부장 선생님의 아내란다. 잊지 말아야겠다. 정말 잊어서는 안 되겠다. 잠들지 못한 영혼들의 고통스러운 절규가 팽목항의 파도처럼 자꾸만 자꾸만 밀려오지 않는가. 죽어서도 잠들지 못하는 슬픈 영혼의 아이들이 하루빨리 안식을 찾았으면 좋겠다. 창밖에는 새봄을 화사하게 장식하는 꽃들의 향연이 눈부시다. 이 좋은 시절이 잔인한 4월이 아닌 아름다운 4월이었으면 좋겠다. 그런데 그것은 바로 편안히 살아 숨 쉬는 우리들 양심의 몫이 아니겠는가.

사과 이야기

가을이다. 그 어느 해보다도 비와 태풍이 잦아 무척 힘겹고 어려웠던 여름이 물러가고, 그 빈자리를 어느새 가을의 전사들이 색색의 새로운 차림과 향기로운 속삭임으로 하나하나 채워나가고 있는 성숙의 계절이다.

짙푸르던 젊은 날을 뒤로 하고 제 한 몸 불태워 세상을 붉게 수놓는 나뭇잎들, 삭막한 아스팔트 길옆을 예쁘게 장식하는 코스모스들, 무게를 이기지 못해 금방이라도 떨어질 듯 가까스로 매달린 교정 옆 과수원의 알알이 탐스러운 사과들이 펼치는 가을의 향연은 고혹적일 만큼 아름답다. 제한된 용량의 배터리 힘으로 힘겹게 버티는 인조인간처럼 폭폭한 일상에 지쳐가는 나의 시선을 유혹하기에 충분하다.

복잡한 삶의 허울을 잠시 벗어버리고, 계절의 한가운데 서서 자연의 정취에 흠뻑 젖노라면, 세상사에 찌든 마음의 때가 말끔히 씻기는 듯하다. 하지만 자연에서 시선을 떼어 일상의 자리로 돌아오면 왠지 허전하고 부끄러움이 앞서는 요즘이다. 자연이든 인간이든 모두 제 자리에서 제 모습과 제 색깔로 꾸밈없이 살아간다면, 세상에 그보다 더한 아름다움은 없을 텐데 말이다. 풍요로운 계절에 우리들은 저마다 어떤 색깔의 열매로 세상을 향기롭게 수놓을 수 있을까?

지난 가을, 추석 연휴를 하루 앞두고 고향의 어른들께 드릴 선물로, 예산에 있는 추사고택 길목의 한 농장에서 사과 몇 상자를 산 일이 있었다. 굵고 탐스러운 사과처럼 인자하고 정이 많아 보이는 주인아주머니는 선물용 사과 외에, 다소 흠집이 있고 별로 볼품없어 보이기는 하지만 그래도 알이 굵은 사과 여러 개를 덤으로 주셨다. 집에 와서 저녁을 먹고 그 사과 몇 알을 깎아 먹었는데, 생김생김이나 때깔과는 달리 맛이 무척 달고 일품이었다.

다음 날 아침, 고향으로 향했다. 그리고 한동안 못 뵌 친척들을 찾아 인사를 드리며 그 유명한 예산 사과를 한 상자씩 나누어 드렸더니, 조카 덕에 예산 사과를 다 먹어보게 되었다며 무척 흐뭇해하셨다. 그날 저녁 우리는 부모님을 비롯한 형님네 식구들과 함께 그 어느 해보다 풍성한 농사 얘기를 비롯해 사촌 동생 결혼 얘기 등 여러 가지 정담을 나누며 즐거운 시간을 가졌는데 다소 난처한 일이 있었다. 사과 때문이었다. 우리가 가져온 탐스럽고 먹음직스러운 사과를 아내가 몇 개 깎았는데 보기와는 달리 달지도 않고 수분이 부족한 탓인지 다소 퍼석거리는 것이 별로 맛이 없었다. 가족들은 우리를 생각해서 별말을 안 했지만, 손이 거의 가지 않는 사과를 무심히 바라보면서 '친척 어른들도 이 사과를 맛보았을 텐데…' 하고 생각하니 아내와 나는 내내 마음이 불편했다.

고향에서 며칠을 쉰 후 예산 집으로 돌아왔는데, 귀경하는 차들 때문에 예정보다 시간이 오래 걸려 몸과 마음이 무척 피로했다. 엄마가 챙겨주신 쌀을 비롯한 참기름이며 고춧가루 그리고 잠에 취해 있는 어린 아들을 안고 아파트 문을 열었다. 그 순간 생각지도 않게, 집안 곳곳에 가득 차 있던 향기로운 냄새가 한꺼번에 가슴속으로 스며들었다. 웬일인가 싶어 들어가 봤더니, 농장에서 사과를 사던 날 덤으로 얻은 사과 몇 개를 깎아 먹고 그 껍질과 나머지 사과를 소쿠리에 담은 채 식탁 위에 두었었는데 바로 거기서 나온 향기가 집안을 가득 채웠던 것이다. 세상에 태어나 갖가지 냄새를 맡아보았지만 그렇게 아름답고 폐부 깊숙이 파고드는 향기는 처음이 아닌가 싶었다.

고향에서 갖고 온 짐을 푸는 것도 잊은 채, 아내와 나는 피로에 지친 몸을 소파에 맡기고 사과 향기에 취해 가고 있었다. 그러자 그때까지 세상모르고 잠에 취해 있던 어린 아들이 깨어나며 서툰 발음으로 "아빠, 이게 무슨 냄새야, 참 좋다!" 하고 분위기를 돋우는 것이었다.

그날 밤 아내는 잠자리에 누워, 사시사철 농사일로 고생하시는 제 시어머니께 용돈을 너무 적게 드리고 온 것이 마음에 걸린다며 못내 아쉬워하였다. 그런 아내의 혼잣말을 들으며 나는 한 남자의 아내가 되어버린, 한 아이의 엄마가 되어버린, 한 집안의 며느리가 되어버린, 보이지 않는 아내의 따뜻하고 아름다운 향기를 맡으며 그 어느 때보다도 달콤한 잠을 청할 수가 있었다.

우리는 흔히 아름다움의 기준을 자극적이고 감각적인 것에서만 찾으려는 경향이 있다. 포장이 화려하고 모양이 그럴듯해야 일류 상품이고, 키가 크고 얼굴이 예뻐야 미인으로 대우받는다. 또한 공부를 잘하고 선생님 말씀을 고분고분 잘 들어야 모범생으로 인정받는다. 규격화된 질서를 벗어난 내면의 개성이 설 자리를 잃어가는 현대인들! 고강도 항생제를 맞으며 근근이 버텨가는 식물처럼 정형화된 삶을 강요받으며 정해진 길을 가야만 하는 현실이 무척 아쉽다.

요즘은 아이들과 함께 가을 축제 준비를 위해 예쁜 시화를 만들고 있다. 아이들이 만든 시화를 보면, 아름다운 시구에 다양한 색채와 디자인으로 옷을 입혔는데 저마다 풍기는 멋이 다르면서도 하나같이 독특하고 예쁘다. 비록 전날 치른 학력평가 성적 분석하느라 바쁜 몸이지만 책상 위에 살며시 놓고 간, 아이들의 정성스러운 마음과 개성이 묻어나는 시화를 보면서 아이들 내면의 예쁘고 순수한 향기를 맡는 것이 나의 작은 즐거움이다.

종종 외신을 타고 날아오는 전쟁 소식과 정치권의 혼탁하고 불미스러운 탈선 기사들이 우리들의 눈살을 찌푸리게 하지만 대부분 우리네 서민들은 저마다의 인생에서 나름대로 가꾸어 가는 진솔한 멋이 있다. 겉모습이 투박하면 투박한 대로, 공부를 못하면 못하는 대로, 생활이 폭폭허면 폭폭헌 대로 내면의 깊은 곳에서 우러나오는 보이지 않는 진한 향기를 갖고 말이다. 설령, 화려한 조명과 찬란한 미래가 보장되어 있지는 않을지라도 저마다의 눈빛과 몸짓과 마음에서는 보이지 않는 인생의 향기가 샘물처럼 솟아 나와 세상을 아름답게 채우고 있으리라. 비록 겉으로는 볼품없었지만, 마지막으로 제 한 몸을 썩혀가면서 달콤하고 아름다운 향기를 세상에 은은히 뿌렸던 사과처럼 말이다.

_1996년

무소유의 역리(逆理)

독일 출신의 미국 사회비평가 에리히 프롬(Fromm, Erich)은 삶의 방식과 가치를 기준으로 인간을 두 부류로 나누고 있다. 바로 소유형(To have) 인간과 존재형(To be) 인간이다. 소유형 인간은 즉자적(卽自的) 자아를 지향한다. 이는 자기 자신의 생각이나 욕망에 몰두하여 타자를 의식하지 않는 자기중심적 인간형이다. 즉 남보다는 자기 자신을, 공익보다는 개인의 이익을 더 추구하고 결과만을 중시하며 삶 자체를 목적이 아닌 수단으로 여기는 인간형이다. 반면, 존재형 인간은 대자적(對自的) 자아를 추구한다. 자신의 생각이나 욕망을 타인의 입장에서 객관화시킴으로써 자신을 정확히 인식하는 메타인지적 자세를 견지한다. 즉 공익과 사익이 상충할 때는 공익을 우선하고, 결과에 앞서 과정에 충실하며 삶 자체를 수단이 아닌 목적으로 인식하는 인간 유형이다.

인간이 보편적으로 추구하는 절대가치에 자유의지와 소유에 대한 욕구가 있다. 현대인이라면 누구나가 타인의 간섭과 구속에서 벗어나 자유를 마음껏 누리면서 삶의 행복과 기쁨을 추구할 권리가 있다. 영국에 속박된 스코틀랜드의 독립을 위해 헌신하는 사람들의 이야기를 다룬 〈브레이브 하트〉란 영화가 있다. 영화 속 주인공 윌리엄 월레스는 자신의 안위를 버리고 겨레의 자유와 독립을 위해 싸우다 붙잡혀 "freedom"을 외치며 의연하게 죽어간다. 살점이 갈기갈기 찢기는 고통 속에서도 굴하지 않고, 죽음으로써 독립을 갈구하는 모습은 보는 이로 하여금 자유의 가치가 얼마나 소중한지를 생각하게 한다. 구한말 일제의 억압에 저항해 전국적으로 봉기한 의병으로 참여한 이름 없는 민초들, 4·19 때 자유당 독재정권의 총칼로부터 민주주의를 지켜내려고 피를 흘리다 꽃잎처럼 스러져 간 청춘들은 또 어떠한가. 어느 시인의 말처럼, 우리가 누리는 자유에는 타인의 고통과 죽음의 숨결이 서려 있음을 생각할 때, 그 희생의 고귀함과 자유의 가치가 얼마나 소중한지를 느낄 수 있다. 또한 공동체적 삶의 자유를 위해 타인과의 관계 속에서 어떻게 살아야 하는지를 고민하게 한다.

자유는 타인과의 유대적 관계 속에서 빛을 발하는 법이다. 나 혼자만의 자유가 아닌 이웃과 함께할 때 참된 자유와 존재로서의 가치를 느낄 수 있다. 그런 측면에서 보면 개인화, 파편화된 채 자본의 유혹을 이기지 못하고 점점 고독해지는 현대인 중 자유다운 자유를 만끽하며 살아가는 사람은 그리 많지 않을 듯싶다. 그 원인의 중심에는 물질에 대한 필요 이상의 집착, 즉 돈과 재산, 권력 따위의 소유 가치가 자리 잡고 있다. 물론 자본주의 체제에서 물질적 가치가 삶의 필수 불가결한 요소임을 부정할 수는 없을 것이다. 그런데 문제는 필요 이상의 소유욕에 빠져 진정한 자유를 누리지 못하고 정신적 황폐에 허덕인다는 사실이다. 정신적 가치보다 물질적 가치에 매몰된 삶의 양상이라고 해도 과언이 아니다. 사람에 대한 평가도 그 사람 자체가 아닌 그 사람의 경제적 부, 사회적 지위에 맞춰지고 있는 현실이다. 이러한 세태 속에서 현대인들은 타인과의 정서적 유대를 외면한 채, 이기와 고독과 소외 속에서 살아가고 있다. 자신의 향기로운 빛깔로 타인과의 조화를 추구하기보다는, 더 많은 것을 소유한 마네킹 인간으로 전락한 채 규격품화 되어가는 세태를 부인할 수 없다. 소유의 굴레에 갇혀 인간적 가치와 참된 자유를 점차 잃어가고 있다. 지나친 소유욕이 자유를 억압하는 이율배반적인 형국이다.

이제 우리는 연극 속의 '스크루지'나 신화 속의 '미다스'처럼 황금의 노예가 된 채, 삶의 자유와 가치를 몰각해 가는 자신의 모습을 직시해야 한다. 돈과 명예와 재산 등 물질적 가치에 대한 집착은 인간의 소유욕과 물신주의(物神主義)만 부추기고 또 그만큼 잘못된 삶의 철학을 갖게 만든다. 인간의 소유물은 자신에게 잠시 맡겨진 것이라는 유연한 사고가 필요하다. 필요한 만큼만 쓰고 나누고 돌려야 한다. 무욕(無欲)의 자세로 그 사람의 소유물이나 배경이 아닌 인간 존재 자체를 소중히 여길 줄 알아야 한다. 그렇게 인간다움을 유지한다면 자신의 존재 가치를 높일 수 있을 것이다.

법정 스님의 '텅 빈 충만'처럼 비워야 비로소 채울 수 있는 법이다. 나눔으로써 진정 얻을 수 있는 것이다. 물질에 대한 지나친 소유욕을 버리고, 그 자리를 자유와 연대의 가치로 채우는 지혜가 절실하다. 비울수록 넘쳐난다는 무소유의 역리(逆理)를 가슴에 새긴다면 참된 자유와 행복을 누릴 수 있으리라.

철학이 있는 삶

너희들이 고등학생이 된 지 한 학기가 지났다. 이제는 치기 어린 어린양(어리광)을 떨쳐버리고 희망과 기대를 안정과 노력으로 승화해야 할 시간이다. 깊어질수록 소리 없이 흐르는 강물을 닮아야 한다. 봄꽃들이 산화한 자리에 짙푸른 녹음이 드리우는 것이 보이지 않느냐? 바로 너희들의 모습이다. 튼실히 열매 맺을 가을날을 꿈꾸며 땅속 깊이 뿌리를 내리는 저 푸르른 수목들에서 선생님은 너희들을 본다. 푸르게 성숙하는 천여인들의 옹골찬 모습을 읽는다.

보이는 것만이 세상의 전부는 아니다. 표피적 감각에만 의존한 단순한 사고로는 사유의 폭을 넓히거나 삶의 깊이를 더할 수가 없다. 개인이 추구하는 세계가 지식이든, 교양이든, 아니면 행동이든 간에 분명한 사실은 자신의 철학과 실천적 지평 위에 그 중심을 세워야 한다는 것이다. 피상적인 모습에만 연연하면 결코 내실 있는 자신의 세계를 만들어갈 수 없다. 철학이 뒷받침되지 않은 삶은 곧 무덤이다. 철학적 사유와 생활은 미래와 현재가 공존하는 가운데, 두뇌와 육신의 조화 속에서 그 의미를 발견하고 가치를 발현할 수 있다. 즉, 망원경적 전망으로 미래를 사유하면서도 육신은 현실에 기초하여 실천 중심의 현미경적 삶의 뿌리를 내려야 한다.

　고등학생, 인생의 그림을 그려나가기에 결코 적은 나이가 아니다. 잠시 눈을 감아보라. 각자에게 주어진 백지가 보이지 않는가? 그 순백의 도화지 위에 새롭게 밑그림을 그려라. 치밀한 구도가 아니어도 좋다. 다만 이제는 남의 것을 그대로 지껄이는 구관조의 어리석음은 사양해도 좋다. 살아온 날의 짧음이, 일천한 경험이, 능력과 배경의 부족이 그림의 내용과 가치를 결정지을 수는 없다. 그런 것을 탓할 시기는 이미 지났다. 조금은 흔들리는 구도이더라도, 채색이 완벽하지는 못하더라도 과감히 자신의 세계를 그려나가라. 자신이 생각하고 느끼는 삶의 철학과 경험을 바탕으로 실천적 자기 세계를 펼쳐나가야 한다.

　점과 점이 모여 원만하고 둥근 원이 만들어지고, 작은 물방울이 모여 커다란 강물을 이루듯, 인생도 순간순간이 모여 이루어진 개인의 역사이자 살아있는 유기체다. '제논의 역설'에 빠져서는 곤란하다. '날아가는 화살은 매 순간 정지 상태에 있다'는 제논의 주장은 궤변일 뿐이다. 정지는 곧 정체와 단절과 퇴보를 의미한다. 오늘 한순간의 실패와 안일을 인정하더라도 결코 그것들에 순종하거나 답보상태에 머물러서는 안 된다. 순종은 또 다른 나태와 자만과 비굴을 낳을 뿐, 새로운 날의 돌파구나 미래에 대한 도전과 전망을 제시하지는 못한다. 매 순간 사유의 또아리를 틀면서 변화와 발전의 중심에 서야 한다.

순간에 최선을 다하라. 구도와 색채, 원근과 명암과 농담이 화폭의 아름다움을 결정짓듯, 매일매일 조금씩 여백을 채우면서 후회하지 않을 인생의 그림을 만들어가라. 이제 한철이 지났을 뿐이다. 환경을 탓하지 말자. 능력을 운운하지 말자. 뿌리내리는 패배 의식을 잘라버려라. 경쟁을 부추기는 모순되고 견고한 교육구조가 약육강식의 정글 같다. 그렇더라도 상황 논리나 개량주의적 나약함으로 정체된 자신의 현재를 합리화하는 오류를 범해서는 안 된다. 운외창천(雲外蒼天)! 먹구름 뒤의 푸른 하늘을 기다리는 의연한 자세로 쏟아지는 빗줄기에 당당히 맞설 수 있어야 한다.

살아있는 지식, 정밀한 고독과 조화로운 사색, 그리고 실천적 행동으로 조금씩 자신의 울타리를 넓혀 나가라. 소리 없이 흐르며 스스로 깊어져 가는 강물처럼 끊임없이 자신의 세계를 변화시켜야 한다. 그것이 곧 철학이 있는 삶의 주인공이 되는 길이자 자신의 역사를 창조하는 지름길이다.

이제 곧 결실의 계절이다. 폭염과 비바람에 맞서다가 가을이면 세상을 화려하게 채색하는 나무처럼 아름다워지는 너희들의 모습을, 유리알보다 더 맑은 너희들 영혼의 성숙을 기대한다. 그리고 두 손 모아 응원한다.

인간의 이기심과 진실의 상대성

아쿠타가와 류노스케의 〈대숲 이야기〉를 아이들과 함께 읽었다. 그리고 열띤 토론을 벌였다. 이 작품에서 말하고자 하는 바는 '범인이 누구인가'의 문제가 아니다. 주된 메시지는 '인간의 이기심'과 '진실의 상대성'에 관한 문제라고 생각한다. 좀 더 구체적으로 말하자면, 인간의 자기중심적이고 이기적인 관점에 따라 세상의 진실은 얼마든지 달라질 수 있다는 데 그 초점이 맞추어진다고 하겠다.

미래가 창창한 159명의 젊은이들이 안타깝게 희생된 이태원 참사가 발생한 지 1년이 다 돼 간다. 그런데 유례를 찾기 힘든 어처구니없는 참사임에도 진심 어린 사과와 제대로 된 원인 규명이 이루어지지 않아 답답할 노릇이다. 특히 책임 소재의 범위와 한계에 대해 정치권은 물론 일반 시민들의 의견도 분분하다. 이처럼 사회적 이슈에 대해 다양한 입장이나 목소리가 존재하는 게 현실이고, 세상의 진실은 보는 이의 시각에 따라 얼마든지 다르며, 그러한 이유로 진실을 정확하게 규명하고 밝히는 일이 생각만큼 쉽지 않다는 것을 알 수 있다.

〈대숲 이야기〉에서도 사건에 연루된 세 사람은 서로 상반되는 주장을 내세운다. 누가 거짓말을 하는지 누가 진실을 말하는지는 좀처럼 알 수 없다. 즉 작가는 어느 누구의 손을 들어주지 않는다. 세 사람이 각각 청자의 입장에서 상대방의 진술을 들어보면 누구도 진실을 말하지 않고 있다. 반대로 자신의 주장을 내세우는 화자의 입장에서는 모두가 진실을 말하고 있다고 하겠다. 결국 작가는 인간의 자기중심적 가치체계 속에서 세상의 진실은 상대적이며 주관적일 수밖에 없음을 시사하고 있다.

한편, 세 사람은 서로 다른 주장을 하고 있지만 한 가지 공통점이 있다. 모두 다른 사람들의 이야기를 무시한 채, 무사를 죽인 사람은 바로 자신이라고 주장한다. 그런데 아이러니하게도 살인의 이유와 동기에 대해서는 자신의 의지에 의한 살인이 아님을 역설하고 있다. 도둑 다조마루는 무사와의 23합에 걸친 싸움은 결코 문제가 없었고, 자신은 그 승부의 승리자일 뿐임을 내세우면서, 그 아내의 요구로 무사를 죽일 수밖에 없었다고 자신의 살인을 합리화하고 있다. 그리고 아내 마사고는 정조를 잃었다고 자신을 경멸하는 남편에 대한 참을 수 없는 분노 때문에 그를 죽일 수밖에 없었다고 한다. 또한 무사 다케히로는 아내에 대한 배신감 때문에 삶의 의욕을 잃고 자살하였다는 둥 살인의 이유를 각각 제 탓이 아닌 상대의 탓으로 돌리고 있음에 유의할 필요가 있다. 여기서 우리는 세 사람의 주장이 하나같이 자기중심적이고 이기적이라는 사실을 알 수 있다.

작가는 이러한 인간의 이기심과 거짓 속에서 과연 '진실이란 객관적으로 존재할 수 있는가', 나아가 '진실이 존재하더라도 그 실체를 제대로 규명할 수 있는가'의 문제를 우회적으로 제기하면서 현대인들의 자기중심적이고 이기적인 세태를 작품을 통해 드러내며 비판하고 있다.

결국 작가 아쿠타가와 류노스케는 인간의 자기중심적 사고 속에서 세상의 진실은 상대적이고 주관적일 수밖에 없으며, 이러한 인간의 이기적인 사고가 팽배해 있는 현실 상황을 우회적으로 풍자하고 있다. 비록 1세기 전에 일본에서 쓰였고, 작가도 세상을 떠난 상황이지만 문학은 인생과 사회현실의 반영이란 점과 그 항구성을 감안할 때, 현실에 뿌리를 내린 채 살아가고 있는 우리들에게 시사하는 바가 자못 크다. 그것은 다름 아닌 세상의 진실에 관한 깊이 있는 탐구의 자세이다. 또한 인간에 대한 너그러운 이해와 배려하는 삶의 중요성이다. 그런 면에서 볼 때, 〈대숲 이야기〉는 현대인들에게 이기적인 삶에 대한 진지한 반성과 성찰을 요구하는 수작이라고 하겠다.

내 아비의 서글픈 청춘

　윤제균 감독의 영화 〈국제시장〉을 보았다. 그런데 이 영화가 천만을 돌파하며 세몰이를 하고 있는 가운데 세인들 사이에 영화의 이념성이 적잖이 논란이 되고 있다. 나는 우연찮게 개봉 첫날 직장 동료들과 함께 그 영화를 보았다. 전체적으로 관객들의 감성을 자극하는 페이소스가 느껴지는 영화이기에 롱런을 하고 있지만 감상평은 분분하다. 그런데 영화는 그 성패를 차치하고 감독의 마인드와 제작 동기가 중요하다고 생각한다. 여기에 관객들이 어떤 관점에서 영화를 평가하고 느끼느냐가 또한 중요하다. 결국 작품에 대한 제작자와 관객의 프레임 문제일 수밖에 없다.

　영화를 보는 내내 주인공 덕수의 삶이 낯설지가 않았다. 지금은 안 계신 내 아버지의 삶의 모습을 타임머신을 통해 보는 것 같아 두 시간이 넘는 런닝 타임 내내 흐르는 눈물을 남몰래 감추어야만 했다. 다행히 내 옆에서 같이 자리를 지킨 삼십 중반의 동료 교사가 영화가 끝날 때까지 시종일관 훌쩍거린 덕에 내 눈물을 숨길 수 있었다.

　가난한 집안 형편과 줄줄이 매달린 동생들 그리고 갑작스러운 아버지의 죽음으로 인해 대학에 합격하고도 포기할 수밖에 없었던 내 아버지는 낙망의 끝에서 공무원 시험과 경찰 시험에 도전하였다. 그런데 6·25 때 의용군으로 끌려간 당신 형님의 생사가 불투명한 탓에 당시에 시퍼렇게 아가리를 벌리고 있던 연좌제에 따라 최종 관문인 신원조회에서 번번이 떨어지는 아픔을 겪었다. 아버지는 당신의 금쪽같은 청춘을 가족사에 대한 원망과 술에 의지한 채 보낼 수밖에 없었다. 이후에도 아버지는 농사일과 일용직 노동을 하며 힘겹게 보냈는데, 어린 자식들 앞에서, 당신의 앞길을 가로막는다고 생각해서 군사독재정권의 위정자와 권력 지향의 사회를 비판하며 한탄하는 모습을 자주 보이곤 하셨다.

　나는 그렇게 당신의 처지와 운명을 절망과 푸념으로 일관하던 아버지의 쓸쓸한 모습을 안타깝게 지켜보며 어린 시절을 보냈다. 청소년기를 거치면서 내게도 반골 기질이 다분하다는 것을 느꼈는데 아마 어린 시절 아버지의 영향이 크게 작용했다고 아니할 수 없다. 그리고 지금도 내 기억의 소자에 선명히 남아있는 아버지의 모습을 잊을 수가 없다. 위정자에 대한 원망과 한탄 끝에 서린 말할 수 없는 분노의 감정. 절망적인 삶의 끄트머리에서 몸부림치는 아버지를 지켜보는 내내 안타까운 마음이 가득했고, 어린 나이로는 이해할 수 없는 의문투성이에 무척 혼란스러웠다. 다행히 1980년대에 접어들며 연좌제가 완화되어 아버지가 늦깎이 공직 생활을 시작하면서 원망 섞인 푸념을 더 이상 듣지 않아도 되었다. 상황과 처지는 다를지라도 개발독재 시대의 커다란 패러다임이었던 산업화와 민주화의 질곡 속에서 내 아버지와 유사한 아픔을 겪은 사람이 어찌 한둘이겠는가?

영화는 한국 현대사의 굵직한 사건들을 조금씩 언급하면서 힘겹게 삶을 꾸려온 우리 아버지들의 말 못 할 고통과 절망 그리고 인내의 순간들을 파노라마식으로 전개하며 관객들의 감성을 자극하고 있었다. 영화에서 언급한 사건이 실제상황에 근거한 것이기도 했지만, 영화를 분석하기 좋아하는 관객 입장에서 보면 아버지들이 겪은 고통의 양상과 원인을 좀 더 다각적으로 분석했으면 하는 아쉬움이 남는다.

이념적 갈등과 혼돈의 현대사를 돌이켜보자. 무소불위(無所不爲)의 군사정권과 재벌의 권력형 독재와 이에 대한 맞불로서의 민주화의 과정은 떼려야 뗄 수 없는 동전의 양면과도 같은 게 사실 아닌가. 어느 한쪽의 사건들만 다룬다면 반쪽 영화 신세를 면할 수가 없다고 생각한다. 현대사를 균형 잡힌 시각으로 바라볼 여지를 남겼더라면 영화의 진정성과 작품의 완성도를 더 높일 수 있었으리라 판단한다. 게다가 주인공 덕수가 군인 신분도 아닌데, 단지 경제적 부를 챙기기 위해 파독 광부에 이어 또다시 생사의 갈림길인 베트남 전쟁터에 뛰어든다는 건 선뜻 이해하기 힘들었다. 내 판단으로는 굴곡진 현대사를 반영하고자 하는 연출자의 의도가 반영된, 작위성이 강한 설정으로 작품의 완성도를 떨어뜨리는 요소란 생각을 지울 수가 없었다. 영화에서는 덕수 부부가 행복한 말년을 보이는 해피엔딩이었지만, 실제로 우리 사회에서 덕수와 같은 산업화의 숨은 주역들이 고되게 흘린 피와 땀을 얼마큼 인정받으며 살고 있나 생각해 보면 가슴이 먹먹해지고 씁쓸한 마음을 떨칠 수가 없다.

그런데 영화 개봉 이후, 대통령을 비롯한 몇몇 위정자들과 고위층 관계자들이 영화에 대한 필요 이상의 자극적인 코멘트와 평가로 영화의 이념논쟁에 불을 지피고 있다. 불필요하게 국론을 분열시키는 모습이 그저 안타까울 뿐이다. 필요 이상의 과도한 제스처로 독재정권을 홍보하는 메아리들이 지속되는 한 '국제시장'은 수많은 덕수들의 값진 인생을 폄하하는 것이자 개발독재 시대를 미화하는 저급 영화의 범주를 벗어날 수가 없다. 그렇기에 질곡의 현대사와 그 아픔을 다룬 영화라면 좀 더 깊이 있는 안목을 바탕으로 다층적인 시각이 병존할 수 있도록 다각적으로 그려냈어야 했다. 즉 관객들에게 편향된 프레임으로 인한 이념논쟁의 빌미를 제공한 것이 못내 아쉽기만 하다.

현대의 정치 공학적 현상들이 어쩔 수 없이 국민을 정치적 인간으로 만드는 상황임을 감안하면 감독의 좀 더 사려 깊은 시각이 필요하지 않았나 싶다. 그것이 보수정권의 입맛에 춤추는 제작자의 노림수라고 하면 뭐 딱히 할 말은 없다. 그래도 한 편의 영화가 완성도를 높이고 국민적 관심 속에 건설적인 비판을 통해 소통과 용인의 여지를 준다면 굳이 마다할 필요가 있겠는가!

　윤제균 감독의 〈국제시장〉이 감독의 정치적 이념이나 상업적 이익을 위한 천박한 꼼수가 아니기를 바라며, 산업화의 주역인 수많은 아버지들의 훈장 아닌 훈장인 굳은살과 인고의 주름에 존경의 마음을 표하며 머리를 숙인다.

_2014년

나는 전쟁에 반대한다

베트남으로 여행을 가기 전까지, 베트남은 그저 따뜻한 남쪽에 있는 나라, 아오자이와 월남전 그리고 호찌민과 한국으로 이주해 오는 베트남 처녀 등으로만 기억하고 있었다. 하지만 실제베트남 여행을 통해 생각의 각도가 달라지고, 머리가 아닌 온몸으로 베트남의 아픔을 절실히 느낄 수 있었다. 그 중심에 전쟁이있었다.

아직도 이념적으로는 사회주의 체제라는 사실 때문인지 호찌민시가 내려다보이는 비행기 안에서부터 적이 긴장감을 느꼈다. 공항에서 국방색 제복을 입은 베트남 공무원들이 우리 일행이한국인임을 확인하고는 다소 냉소적인 시선으로 바라보는데, 마음이 편하지 않았다. 베트남 전쟁 당시 미국의 용병으로 참전했던 적대국이라 그런가, 라이따이한들(한국군과 베트남 여자 사이의2세들)의 아픔이 여전히 남아있기 때문일까. 아니면 베트남 처녀최대 수입국이라는 이미지 때문인지는 모르겠다. 아무튼 베트남에 많은 죄를 지은 죄책감에 다소 미안한 생각이 들기도 했다. 그런데 베트남은 프랑스의 식민지, 2차대전 당시 일본의 지배 그리고 세계적 패권국가인 미국과의 피비린내 나는 살육의 전쟁에서 불굴의 의지로 조국을 지켜낸 나라다.

호찌민시의 밤 풍경은 자본주의 경제체제를 받아들여 활력이 넘쳤다. 오토바이를 무리 지어 타는 사람들의 광경은 달라진 베트남의 모습을 실감케 했다. 여러 곳을 여행했지만 무엇보다도 베트남 전쟁 최대 상징물인 꾸찌 터널 방문을 잊을 수가 없다. 꾸찌 터널은 식민국가 프랑스 지배로부터 조국의 독립을 되찾기 위해 치러진 1948년 인도차이나 전쟁 때 만든 땅굴이다. 이후 1964년 통킹만 사태로 시작된 미국과의 전쟁 때, 200킬로미터를 더 뚫어 게릴라전을 펼치며 거대한 골리앗 미국과의 전쟁에서 승리할 수 있는 결정적 발판이 된 곳이다.

놀라운 것은 미국과의 게릴라전을 펼쳤던 사람들이 대부분 구찌에 살고 있던 농민들이었다는 사실이다. 물론 북베트남 정권의 강압과 명령도 있었겠지만, 미국과의 싸움에서 조국 베트남을 지켜내기 위해 목숨을 건 사투를 벌인 현장의 모습은 충격 그 자체였다.

지하 3층으로 이루어진 땅굴은 미군의 접근을 불허할 만큼 그 구조가 치밀하고 완벽했다. 미군을 살상하기 위해 설치해 놓은 함정의 살상 도구들은 보는 이로 하여금 섬뜩함을 느끼게 했다. 하지만 죽이지 않으면 죽을 수밖에 없는 전쟁에서 살기 위해 어쩔 수 없이 선택한 일이란 걸 생각하며 새삼 전쟁의 포악성과 참혹함에 치를 떨었다.

게다가 수십만 명의 희생을 생각하면 더욱 안타까움을 떨칠 수 없었다. 사이공 강가에서 평화롭게 농사를 지으며 살아가던 사람들을 그 누가 전쟁의 화신으로 만들었단 말인가! 강대국의 야욕과 이념에 참혹하게 희생된 무고한 사람들의 넋 앞에서 마음은 더없이 착잡하기만 했다. 여행안내원의 설명을 심각한 표정으로 듣던 미국인들의 모습이 지금도 머릿속에서 떠나질 않는다. 폭력 전쟁의 장본인 후손들로서 그들이 그 전쟁의 현장에서 무슨 생각을 하고 무엇을 느꼈을지 자못 궁금해진다. 아마 그들도 이 지구상에서 더 이상의 전쟁을 용서해서는 안 된다고 생각했으리라.

베트남 전쟁이 끝난 지 30년이 지났다. 그러나 아직도 그 아픔은 지속되고 있다. 전쟁터에서 자식을 잃은, 아비를 잃은 가족들의 고통, 고엽제 피해로 온몸에 장애를 입고 살아가는 사람들이 수만에 이른다. 전쟁은 모든 이들의 가슴에 상처와 아픔을 남긴다. 전쟁에서의 승자는 있을 수 없다. 전쟁은 패자만을 남긴다. 모두를 죽음과 공포 속으로 몰아넣는 지상 최대의 악이다. 코소보 사태, 이라크 전쟁, 수단의 다르푸르 사태 등 지금도 지구상의 곳곳에서 크고 작은 전쟁의 참화 속에서 소중한 생명들이 피를 흘리며 죽어가고 있다.

우리 민족 최대의 아픔인 6·25전쟁은 또 어떠한가. 남북한 전체 인구의 1/6인 500만 명 이상의 사망자와 실종자를 내고, 천만 이산가족의 아픔이 고스란히 남아있지 않은가. 남북한 당국자가 마음을 열고 다시 손을 잡아 하루빨리 평화를 조성하고 통일의 기반을 정착시켜야 한다. 이민족들의 패권 싸움에 갈라진 우리 민족의 분단이기에 우리 스스로 다시 하나가 되는 것은 자명한 이치이다.

　좁고 어두운 꾸찌 터널에 들어가니 가슴이 답답하고 숨이 막혀왔다. 더욱이 한쪽 구석에 사격장을 만들어놓고 관광객들을 상대로 실제 총기 사격을 할 수 있게 했다. 그 총소리를 들으며, 명중의 쾌감에 환호성을 지르는 관광객들을 보니 가슴이 벌렁거리고 왠지 모를 답답함에 마음이 불안했다. 전쟁을 규탄하며 평화의 소중함을 느껴야 할 자리에서 외화벌이용 사격장을 만들어놓은 상술에 어이가 없었다. 베트남 후손들도 전쟁의 아픔보다는 자본의 노예가 돼 버린 것 같아 마음이 씁쓸하고 가슴 한구석이 허전했다.

　꾸찌 터널의 막바지에 방명록을 만들어놓고 관광객들의 발길을 끌고 있었다. 미국, 프랑스, 한국을 비롯한 세계 각국의 사람들이 전쟁의 참상을 가슴 아파하며 자신만의 필체로 폭력 전쟁을 규탄하고 있었다. 실천적 지식인이면서 반전 운동가인 하워

226

드 진의 표현을 빌려, 나는 착잡한 마음으로 그러나 힘 있게 한 문장을 적어놓았다.

"나는, 전쟁에 반대한다."

인간 존엄이 실추된 자살공화국

내가 좋아하는 작가 김경욱의 〈인생은 아름다워〉를 흥미롭게 읽었다. 이 소설은 기존의 소설들과는 색다른 소재와 기법을 활용해 작품성을 더하고 독자들에게 신선한 충격을 선사한다는 평가를 받고 있다.

평생을 수학 교사로 살아온 노인인 '그'의 삶을 가상수법을 통해 자살공화국의 미래를 그리고 있다. 즉 미래사회에서도 여전히 벗어나지 못하는 자살 문제를 다루면서 '그'가 자살면허를 취득하기까지의 심리를 잘 그려내고 있다. 작가의 작품이 대부분 그렇듯, 이 작품도 특유의 여운을 갖게 하는 결말구조를 취하고 있다. 소설의 마지막에서 그는 자살면허를 취득한 후 여태까지 자신이 잘못했던 것을 반성하는 참회 의식과 더불어 육체적인 고통에 직면한다. 작가는 이 대목에서 죽음의 실체에 가장 가까이 근접해 있는 '개인'이 갖게 되는 실존적인 고통과 절대 고독의 순간을 진정성 넘치게 서술하고 있다. 즉 작품은 현대인들에게 고독한 인간 삶에 대한 깊은 회의와 함께 인간의 미래사회에 대한 끊임없는 성찰을 요구하고 있다.

먼저 소설에 등장하는 인물의 성격과 역할에 대해 분석함으로써 작품의 내용을 이해하는 단초를 찾을 수 있다. 주요 인물은 주인공인 '그'와 자살면허 학원에서 만난 '김 여사' 그리고 주인공으로 하여금 과거를 참회하게 만드는 과거 제자이자 자살면허학원 직원인 '감독관'으로 분류할 수 있다. 주인공인 '그'는 전립선염으로 인한 배뇨의 고통에 시달리며 동료 교사의 죽음과 노년의 가난과 고독에 회의를 느껴 자살을 꿈꾸는 비극적 인물이다. 위엄있는 죽음을 원하지만 이미 질병의 고통으로 안절부절못하는 노인이라는 점에서 위엄이 실종된 나약하고 무기력한 인간의 모습을 보여준다.

한편 주인공인 '그'와 대칭적인 위치에 있는 인물이 바로 주인공의 중학교 때 제자인 감독관이다. 감독관은 주인공의 제자로 주인공이 자살면허 시험을 치를 때 도움을 줘 합격시켰으며, 과거에 그에게 부당하게 따귀를 맞은 사실을 떠올려 주인공에게 심리적 갈등과 괴로움을 상기시키는 인물로 결코 가볍지 않다.

또 하나의 인물인 '김 여사'는 주인공이 자살면허 학원에서 만난 미혼의 할머니로, 함께 살고 있는 자궁암에 걸린 털북숭이 진숙이에 애착을 갖고 살아가는 존재이다. 절망적인 디스토피아 사회에서 인간적 유대감을 상실한 채, 고독하게 살 수밖에 없는 인간군상을 대표하는 부수적 인물이다.

이 작품의 매력은 특별한 기법과 장치를 활용하여 완성도를 높이고 있다는 점이다. 우선 반어(Irony)적 기법을 사용한 제목의 상징성이 메시지를 돋보이게 한다. 미래사회가 현재 사회보다 표면적으로는 삶의 질이 높아진 것처럼 보이나 본질적으로는 아름다워야 할 인생과는 달리 죽기 위해 자살면허를 따는 진풍경을 설정함으로써 결코 아름답지 않은 미래사회의 삶을 반어적으로 표현하고 있다. 그리고 이 소설은 인간적 존엄성이 실추된 미래사회 노년의 육체적 고통과 절대 고독도 보여주고 있다. 즉 자살공화국이라는 암울한 미래사회를 투시하면서 수학 교사로 살아온 한 노인의 삶을 통해 미래사회 노년의 육체적 고통과 고독 그리고 인간성이 파괴된 삶을 풍자적으로 그리고 있다.

또한, 작품의 주제의식을 돋보이게 하는 또 다른 요소로 작가 특유의 문체를 언급하고 싶다. 이 작품은 김경욱 특유의 짧은 문장과 간결한 호흡으로 스토리를 빠르고 박진감 넘치게 전개하고 있다. 이는 독자에 대한 강한 흡인력을 유발할 뿐만 아니라, 작품의 내용은 물론 여러 기법과 장치 속에 숨겨놓는 메시지에 쉽게 접근하는 요소로 작용하고 있다.

한편 이 작품은 위에 언급한 것처럼 요소요소에 작품의 상징성을 높이는 사건과 장치를 활용하고 있다. 바로 자살면허, 장기저당 대출, 배뇨의 고통 등을 통해 인간의 실존적 고통과 절대고독을 형상화하면서 인간의 존엄성이 실추된 현대사회의 부정적인 모습을 풍자한다. '자살면허'는 자살의 합법화를 뜻하며 인간 존엄이 실추된 현대사회를 냉소적으로 바라보는 작가 특유의 예리함이라고 생각한다. 그리고 현대사회에서도 흔히 볼 수 있는 장기밀매처럼 '장기저당 대출'이 등장하는데, 이는 비인간적인 사회와 가난한 삶 등 인간의 실존적 고통을 상징하는 게 아닐까. 또한 주인공 '그'가 작품 내내 보여주는 '배뇨의 고통'도 의미심장한 장치이다. '배뇨의 고통'은 육체적인 고통은 물론 부당한 사회현실을 바로잡고자 노력했으나 실패하고, 제 일 또한 뜻대로 풀리지 않는 데서 오는 억눌린 감정과 분출시키고 싶은 욕망을 상징한다고 하겠다. 이 밖에도 자살면허 시험에서의 '상식문제'를 들 수 있는데, 아무런 관련 없는 문제를 공부하는 청년들의 모습을 통해 실속 없이 그저 '스펙'만 쌓으려는 삭막한 현실과 비합리적인 사회의 모습을 비판하고 있다.

김경욱은 특유의 기법과 상상력을 생명으로 하는 작가이다. 또한 워낙 박학다식하고 이야기꾼 스타일이라서 다양한 소재를 차용하고 다채로운 비유를 사용하여 이야기를 좀 더 담백하면서 밀도 있게 만들어내기도 한다. 그리고 작가 특유의 상상력으로 우리가 살고 있는 현대사회의 이면을 들추고 또 그 세계에 웅크리고 있는 인간 심리를 디테일하게 묘사하는 독특한 스타일을 보여주고 있다. 〈인생은 아름다워〉도 마찬가지다.

더불어 작가는 작품 속에 남북통일, 지문을 사고파는 사회, 우루과이 신랑 수입, 자살면허 전문학원 설정 등 특유의 사회적 상상력을 발휘하고 있으며, 그를 통해 현실을 비판하면서 미래 사회의 부정적인 단면을 투시하는 효과를 노리고 있다. 또한 미래 가상사회 설정이라는 독특한 장치와 간결하고 스피디한 문체로 독자의 관심과 시선을 끌고 있다. 흔히들 현대사회를 물질적 가치가 판을 치는 몰개성의 사회라고 한다. 그런 면에서 이 작품은 인간의 존엄성이 실추된 채 자살로 내몰리는 모순된 현실을 시니컬하게 보여준다.

독자들은 마지막 장을 덮으면서 말로 표현하기 어려운 진한 아쉬움과 허탈감에 접하게 될 것이다. 나 또한 이 작품을 읽고 미증유의 멘붕 상태에서 한동안 헤어나질 못했다. 그리고 가까스로 마음을 추스르면서 정신을 차렸다. 미래사회를 디스토피아(Dystopia)가 아닌 유토피아(Utopia)로 만드는 것은 물질적 가치가 아닌 인간 존엄이라는 것을 새삼 깨달으면서……

산행론

풍락(楓樂)의 계절 가을입니다. 사실 가을이라고 해서 여느 계절과 달리 새로운 의미가 있는 것은 아닙니다. 다만, 산 전체를 붉게 장식하는 단풍들이 일상에 지친 몸과 마음을 깨끗이 씻어주기 때문에 많은 사람들이 가을을 좋아하나 봅니다. 그래서 인자요산(仁者樂山)이요, 지자요수(知者樂水)라 했습니다. 나도 산을 좋아합니다. 높고 험한 산보다는 일반인들이 쉽게 오를 수 있는 그리 높지 않은 산을 좋아합니다. 산을 오르면서 아름다운 경치를 마음에 담으며 나 자신을 되돌아봅니다. 그런 가운데서 삶의 여유와 만족을 느낍니다. 그것이 내가 산을 오르는 즐거움이자 기쁨입니다.

독일의 철학자 니체는 "등산의 기쁨은 정상에 올랐을 때 가장 크다. 그러나 나의 최상의 기쁨은 험악한 산을 기어 올라가는 순간에 있다"라고 했습니다. 그렇습니다. 산을 오르는 과정은 우리에게 일정 부분 고통과 인내를 요구합니다. 하지만 그 고통을 인내하면서 산을 오르기에 정상에서의 기쁨이 더 큰 법입니다.

우리 인생도 모든 고난이 자취를 감췄을 때를 생각해 봅시다. 그 것 이상 삭막하고 밋밋한 삶은 없습니다. 인생에 있어, 시련은 인간을 강하게 만들고 그 강한 의지는 인간에게 성공이라는 달 콤한 열매를 선사합니다.

우리들의 하루하루는 인생이라는 높은 산을 오르는 것과 같 습니다. 때로는 무르팍이 시큰거리고 숨이 가쁠 때도 있습니다. 그럴 때마다 저 먼 정상을 쳐다보며 지친 발걸음을 참고 걷다 보 면, 정상은 반드시 우리들에게 반갑게 손짓할 것입니다. 정상에 올라서서는 두 가지를 생각할 줄 알아야 합니다. 산을 오르던 힘 든 과정을 되돌아보는 일과 다음에 오를 또 다른 산을 꿈꾸는 일 입니다. 끊임없는 도전의 연속이 바로 인생입니다.

한 번 산을 오르는 게 고전 여러 권을 읽는 것보다 낫다는 말 이 있듯, 산행은 우리에게 삶의 지혜를 가르쳐줍니다. 자기 내면 을 되돌아보며 헐거워진 인생의 허리띠를 조이고 내일을 계획하 게 만듭니다. 정상을 쳐다보며 발걸음을 옮기듯, 우리는 항상 10 년 뒤 자신의 모습을 생각하며 하루하루 쉼 없이 인생의 산을 올 라야 합니다.

산 정상에 올라 넉넉한 미소와 여유로 산 아래를 굽어보는 우리네 모습을 그려보는 것은 행복한 일입니다. 꿈은 현실로 변 화시킬 때 그 의미가 살아납니다. 이제, 우리들이 현실의 안일에 만족할 것인가, 아니면 인생의 정상을 향한 힘찬 발걸음을 선택할 것인가는 자명해집니다. 인생의 산을 오르며 구슬땀을 흘리는 우리네 벗들의 모습에 박수를 보냅니다.

온몸으로 울어버린 1980년 광주

"우리들은 폭도가 아니란 말이야, 이 개새끼들아!"

영화 속 주인공 민우가 전남도청 후문 앞에서 진압군들의 총탄을 맞으며 마지막 절규로 쏟아낸 말이다. 아주 아주 오랜만에 흥미와 아픔과 페이소스 짙은 영화가 새롭게 세상에 나왔다. 1980년 5월 그리고 광주, 한국 현대사의 최대 비극인 그때를 우리는 어떻게 기억하고 있는가. 그날의 아픔을 그린 영화 김지훈 감독의 〈화려한 휴가〉를 아내와 아들 그리고 어린 딸과 함께 보았다.

1980년 5월 광주는 그동안 많은 문학작품과 연극 그리고 영화로 다루어진 가슴 아픈 시대적 비극이다. 전두환, 노태우 독재 정권 하에서 끊임없이 가려웠고 깨끗이 아물지 않은 채 붉게 피고름이 맺혀있는 현실의 아픈 생채기이다. 이미 1960년 4·19의 아픔을 시인 김수영은 노래하지 않았는가. 우리 한국인이 누리는 자유에는 어째서 그리도 많은 피의 냄새가 섞여 있느냐고…. 그로부터 20년이 지난 오월 광주도 결코 예외는 아니었다.

대학에 입학하면서부터 책을 통해 때로는 선배들과의 대화

를 통해 광주의 진상과 아픔을 알기 시작했다. 소설가 황석영의
《죽음을 넘어 시대의 어둠을 넘어》를 비롯하여 김준태의 시 〈아
아, 광주여. 우리나라의 십자가여!〉를 읽으며 말로만 듣던 광주
의 진실을 비로소 가슴으로 느끼기 시작했다. 그리고 각종 언론
이나 매스컴, 국회 청문회에서 그날의 아픔과 진실에 대해 끝없
이 파헤치고 들쑤셨지만, 수백 명의 목숨을 앗아간 발포 명령자
를 밝혀내지 못하는 상황에 참 많이도 답답했었다. 국민 누구나
다 아는 발포 명령자를 끝내 밝혀내지 못하는 엄청난 아이러니
속에서 광주는 그렇게 시대의 아픔으로 고스란히 남아있다가,
27년이 지난 이 뜨거운 여름에 영화로 다시 태어나 그날의 진실
을 세상에 알리며 아침이슬처럼 사라져간 민초들의 아픔을 새록
새록 드러내고 있다.

　부모를 여읜 채, 남동생과 함께 살아가는 택시 운전사 민우
는 고등학생이 진압군들에 의해 잔인하게 곤봉으로 맞아 죽는
모습을 목도한다. 그러면서 죽음이 빗발치는 금남로의 중심에
서서 진압군들로부터 광주를 지켜내고자 사투를 벌인다. 그리고
하나밖에 없는 혈육인 동생 진우가 진압군의 총탄에 쓰러지는
모습을 눈앞에서 바라보아야만 했다. 어디 민우뿐이겠는가. 억
울하게 죽어가는 친구, 애인, 가족, 아버지를 잃은 광주의 시민
들은 금남로 도청 앞에 삼삼오오 집결한다. 그리하여 총칼로 시

민들을 유린하는 진압군들을 몰아내고 광주를 지키기 위해 퇴역 장교 출신의 홍수를 중심으로 시민군을 결성해 싸운다. 그리고 끝내는 처절하게 죽어간다. 이것은 허구가 아니다. 작가의 상상은 더더욱 아니다. 바로 1980년 5월에 빛고을 광주의 한복판에서 일어났던 실제 비극이다.

이 영화는 무엇보다도 영화 속 주인공들이 이념의 논리도 아니고 철저한 혁명가도 아닌 평범하고 순수한 시민들의 아픔을 노래하고 있다는 데서 진한 감동과 리얼리티를 발견하게 된다. 실제 역사적인 사건을 노래한 팩션(faction)은 자칫 지나치게 이념의 논리 속에 매몰되면 무거워질 수밖에 없는데, 영화 속 조연들의 코믹하면서도 절대 가볍지 않은 내면 연기가 영화의 실재감을 살리고 있다. 실제로 1980년 5월 광주에는 조연과 주연이 따로 없었다. 시민들이 하나가 되어 광주를 지켜내고 있었다. 그러다가 끝내는 진압군들의 총탄에 모두들 쓰러져 갔다. 여러 증언을 통해 입증된 사실이다.

영화의 마지막 장면은 색다른 비장미를 느끼게 한다. 배경음악인 〈임을 위한 행진곡〉이 살아남은 자의 비애를 더하며 관객들의 마음을 사로잡는다. 장중한 분위기를 조성하는 음악과 함께 온몸으로 전율이 느껴지며 관객들의 가슴 속으로는 한줄기 눈물이 흘러내린다.

"사랑도 명예도 이름도 남김없이 한평생 나가자던 뜨거운 맹세, 동지는 간데없고 깃발만 나부껴 그날이 올 때까지 흔들리지 말자……."

영화가 상영되는 내내 숨죽여 바라보던 일곱 살 어린 딸의 돌발적인 질문이 상황의 답답함을 더해주었다.

"아빠 군인들이 왜 그렇게 사람들을 마구 때려요? 아빠 그 사람들 다른 나라 군인들이에요, 네?"

뭐라 말할 수 없는 막막함이 가슴을 억눌러 답답한 마음을 주체하기 힘들었다. 1980년 5월의 광주를 알지 못하는 우리 아이들이 이 영화를 통해 광주의 아픔에 관심을 갖고, 그날의 비극을 이해하고 역사를 바라보는 올바른 안목을 갖춘다면 그 자체로도 영화의 제작 효과가 충분하다는 생각이 들었다.

금기처럼 여겨졌던, 아직도 완전히 해명하지 못하고 있는 현대사 최고의 비극, 가슴에 묻은 아픔과 갈등을 서로 감싸 안으며 가야 하는데……. 조금은 남의 일인 양 외면하고 냉소적인 시선도 없지 않았던 오월의 광주 앞에서 이제는 서로 손을 내밀어 화해의 악수를 나누고, 함께 손잡으며 새로운 도약의 계기로 삼아야 하지 않을까?

2002년 천안중앙고 1학년 아이들을 데리고 남해안 수학여행을 갔던 일이 떠오른다. 마지막 코스가 광주 망월동 민주화 성지였는데 아이들이 1980년 오월 광주의 아픔을 담은 역사관의 생생한 화보와 비디오 앞에서 넋을 잃던 모습이 기억에 새롭다.

"선생님, 백문이 불여일견이란 말은 이런 경우를 두고 하는 말이네요."

"너무 끔찍해요. 어쩌면 이럴 수가 있어요."

교과서에서만 피상적으로 접했던 역사적 아픔의 현장을 직접 찾아와 희생자들 앞에 함께 머리 숙여 애도의 마음을 표하던 아이들의 모습이 떠오른다. 그리고 수학여행을 마치고 돌아와 쓰는 여행기에서 '평생 잊지 못할 수학여행이 될 것 같다'라며 가장 의미 있는 코스로 광주민주화성지를 꼽던 아이들의 성숙해진 마음들이 생각난다.

진정 우리 현대사에서 광주는 어두운 역사의 한 자락임이 틀림없다. 또한 이 땅의 민주화를 앞당긴 피어린 역사의 십자가이기도 하다. 무겁고 어두운 현대사의 비극을 결코 무겁지도 가볍지도 않게 잘 만든, 정말 좋은 영화다. 서민 냄새 물씬 풍기면서 짙은 페이소스를 자아내게 하는 조연들의 연기가 돋보였다. 그들이 바로 이 땅의 민주화를 앞당긴, 이름 없는 광주 민초들의 아픔과 희생을 완벽하게 그려내고 있다. 이 영화의 또 다른 힘으로 느껴지는 대목이다. 무더운 삼복염천에 답답한 가슴 속에 시원한 물줄기를 선사하는 참으로 괜찮은 영화를 보았다.

일의 굴레

죽은 이들에게 입히는 수의(壽衣)에는 주머니가 없다고 한다. 생각해 보면 주머니가 있을 필요가 없다. 저승 갈 때 가지고 갈 물건이 따로 없지 않은가. 그런데 참 묘한 생각이 든다. 주머니를 만들지 않는다는 것은 삶을 마감하면서 이승에서 이루고 소유했던 모든 것을 깨끗이 정리하여 내려놓고 간다는 의미를 부여할 수 있을 것 같다. 이는 곧 우리 삶의 목적과 방향에 시사하는 바가 크다는 생각이 든다.

호주 출신의 브로니 웨어가 쓴 《내가 원하는 삶을 살았더라면》이란 책이 있는데 '죽을 때 가장 후회하는 5가지'라는 부제를 지니고 있다. 그녀는 호스피스 병동 간호사로서 사람들이 죽음을 앞두고 살아온 생을 돌아보며 후회하고 아쉬워하는 모습을 안타깝게 바라보면서 환자들의 이야기와 자신의 생각을 정리하여 책으로 엮었다. 환자들이 자신의 삶을 마감하며 후회하는 일들이 많지만 크게 정리하면 다음의 다섯 가지로 나눌 수 있다.

다른 사람이 아닌 내가 원하는 삶을 살았더라면

내가 그렇게 열심히 일하지 않았더라면

내 감정을 표현할 용기가 있었더라면

친구들과 계속 연락하고 지냈더라면

나 자신에게 더 많은 행복을 허락했더라면

이 중 두 번째 내용이 시선을 끈다. 물론 인생을 살면서 가장 중요한 것은 각자의 일에 최선을 다하는 길이다. 그런데 우리들은 죽어라 일만 하며 사는 경향이 있다. 특히 한국인의 경우는 더 그렇다. 더구나 그 일의 목적과 원인에 경제적 이익이 존재함은 당연할 듯싶다. 일과 돈의 불행한 공존이다. 사람이 사람답고 행복하기 위해서는 자신의 생활 속에서 추구하는 네 가지 중요한 사항이 있다. 바로 일과 놀이 그리고 사랑과 연대감이다. 식탁의 다리도 네 개요, 바쁜 일상의 이기인 자동차도 네 바퀴로 달린다. 어느 하나가 빠진다면 불안정하고 불편하고 불행할 수밖에 없다. 이 네 가지면 참으로 행복하고 가치 있고 후회 없는 인생을 살 수 있으리라.

그런데 우리들은 일을 너무 중시하고 치중하다 보니, 나머지 세 가지를 제대로 추구하지 못한 채 바쁘게 살아가고 있다. 아니 황금의 노예가 되어 일의 굴레에서 벗어나지 못한 채 고달픈 삶을 이어가고 있다. 그래서 요즘은 일보다는 휴식과 취미 생활에 가치를 둔 워라벨을 추구한다. 시간을 내어 떠나는 낯선 세계로의 여행, 타오르는 불꽃을 바라보며 무념무상에 잠기는 멍박, 잔잔한 음악과 은은한 향기로 분위기를 돋우는 찻집 순례도 좋다.

브로니 웨어의 말처럼 지나치게 일에 빠진 채 살다 보면 행복한 삶을 살 수가 없을 것이다. 때로는 일손을 놓고 삶의 여유를 찾을 필요가 있다. 그래야 자신의 삶을 넉넉히 바라보며 행복한 삶을 꾸릴 수 있지 않을까.

촛불 명상

낚시의 달인을 자처하는 사람이 선량한 무리를 꼬여 강가로 이끌고 가서 낚시를 시작했습니다. 그를 따라온 사람들은 그가 정말 월척을 낚으리라는 기대에 차 있었습니다. 그런데 실상 그는 토종물고기 씨를 말리는 베스와 쏘가리도 구분하지 못하는 낚시의 문외한이자 무식한 사기꾼입니다. 그는 단 한 마리의 고기도 낚을 수 없는 무능한 사람입니다. 하지만 그 사실도 모른 채 그를 따르던 사람들은 냄비에 고추장을 풀어 끓이면서 낚시의 달인이 고기를 잡아 오리라 믿고 있었습니다. 어리석게도 말입니다.

그러나 고기를 잡을 줄 모르는 그는 고기 대신 독초를 넣고 매운탕을 끓여 사람들에게 먹이려고 할지도 모릅니다. 선량한 사람을 속이는 참 많이도 나쁜 사람입니다. 낚시의 달인을 자처하던 사람은 또 다른 일로 기만할 것입니다. 그러나 이제는 더 이상 속지 않습니다. 그를 더 이상 믿을 수 없다는 걸 사람들이 깨닫기 시작했습니다. 그가 하루빨리 자기 잘못을 깨닫고 선량한 사람들에게 무릎 꿇을 날을 기다립니다. 그러나 그날이 언제인지는 잘 모르겠습니다.

국민을 불안에 떨게 하는 2MB 정권으로 인해 극도로 혼란한 시국입니다. 영어몰입교육에 이어 교육을 망치고 학생들의 가슴을 멍들게 하는 4·15 학교자율화조치, 굴욕적인 쇠고기협상, 독도주권 포기, 환경대란을 몰고 올 대운하 등 무지한 정권이 이제는 또 어떤 사고를 칠 것인지 두렵습니다. 전국적으로 타오르는 촛불의 의미와 국민의 준열한 외침의 본질을 외면한 채, 배후니 괴담이니 본질을 호도하다 못해 군사독재정권에서나 보았던 군홧발 세례, 살수차 공세, 방패 타격 등 이명박 정권의 한심한 작태에 헛웃음만 나옵니다. 중국에서 오던 날 밤 '그 많은 초는 누구 돈으로 샀는지 조사해 보고하라'고 명령했다는 뉴스를 보고 아연실색하지 않을 수 없었습니다.

지난 24일 청계광장에서 고등학생들을 많이 만났습니다. 시민발언대에서 당당하고 똑똑하게 말하는 아이들의 모습을 보고 많이 부끄러웠습니다. 여러 학생들이 마스크를 쓰고 왔었는데 이유인즉슨 학교 교장, 교감들이 사진을 찍기 때문이라고 합니다. 진실과 정의를 가르쳐야 할 이 땅 교사들의 한없이 추락하는 모습에 너무나 큰 자괴감과 수치심을 느꼈습니다.

그렇습니다. 옳은 것을 옳다 하고 그른 것을 그르다고 말할 수 있는 건 특별한 사람의 몫이 결코 아닙니다. 이 세상에 뿌리를 내리고 뜨겁게 호흡하고 사는 바로 우리들의 몫입니다. 우리 학생들 그 깊은 의식의 세계를 나는 압니다. 순수하고 정의에 찬 우리들의 마음이 국민들의 건강을 지키고, 나아가 우리나라를 발전시키는 크나큰 힘이라는 것도 압니다.

엊그제 생활문화제에서 보여준 연예인들에 대한 뜨거운 열정을 이제는 촛불광장에서 분출할 수 있습니다. 타오르는 촛불은 우리들 뜨거운 심장의 또 다른 울림이라는 걸 알고 있습니다.

일제의 탄압에 항거하여 분연히 일어선 6·10 광주학생의거를 비롯하여 1960년 이승만 자유당 독재정권을 무너뜨린 것도 선배 고등학생들입니다. 우리나라의 민주화를 완성하는 결정적 계기가 된 1980년 광주의 함성 속에도 뜨겁게 흐른 우리 젊은 청춘들의 희생이 있었습니다. 그리고 이번 이명박 정부의 한심한 작태에 촛불을 밝히며 철퇴를 내리기 시작한 것도 바로 고등학생들입니다. 우리들 각자가 밝히는 촛불 속에 우리의 미래가 있습니다. 우리의 생존권이 달려 있습니다. 정직하고 뜨거운 심장을 가진 사람은 결코 자신에게 부끄럽지 않습니다.

살아있는 고기만이 흐르는 물결을 거슬러 오를 수 있다고 했습니다. 죽은 고기는 그저 흐르는 탁류에 휩쓸릴 수밖에 없습니다. 무지하고 잘못된 정권을 일깨우는 사람은 진정 살아있는 존재들입니다. 우리들이 밝히는 작은 촛불이, 함께 어우러져 외치는 뜨거운 함성이 대한민국의 미래를 밝힌다는 사실을 생각하며 촛불을 들어야 합니다. 역사 속에서 우리 선배들이 흘린 고귀한 핏방울들이 헛되지 않도록 뜨거운 가슴을 열어야 합니다. 너와 내가 만나면 우리가 됩니다. 우리들의 뜨거운 심장이, 끓는 피가 우리의 현재와 미래를 밝혀줄 것입니다. 우리 모두 하나 되어 촛불을 밝히며, 어두운 세상, 무지한 정권이 굴복할 때까지 결집된 힘을 보일 때입니다. 두 손 모아 밝히는 촛불이 우리의 명운을 좌우합니다.

_2008년

젊음은 아름답지만 늙음은 고귀하다

아내와 함께 오랜만에 영화 한 편을 보았다. 민병진 감독의 〈이것이 법이다〉란 제목의 영화로, 우리 사회에서 법과 사회 정의를 위해 노력하는 형사들의 이야기였다. 젊지만 천방지축인 20대 봉 형사와 30년 가까이 경찰 생활을 하며 양심적으로 살아가는 베테랑 형사가 콤비로 등장하는 영화였다. 20년이 넘는 나이를 극복하고 둘은 단짝 명콤비로 활약하는데 둘 사이의 끈끈한 애정과 신뢰 그리고 의리 등이 보는 이의 마음을 흐뭇하게 하는 감동적인 영화였다.

우리 학교 현장에서도 이렇게 나이와 세대를 극복하고 가르치는 사람으로서 가져야 할 공통적인 교육적 사명과 가치 개념의 상호교류와 전이가 필요하다고 생각한다. 지금은 많이 바뀌었지만, 선배들의 말에 의하면 10여 년 전만 해도 관리자와 원로교사들이 젊은 교사들에게 강압적으로 명령하고 하는 일이 마음에 안 들면 면전에서 일방적으로 질타할 정도로 삭막했었다고 한다. 요즘은 반대로 나이 드신 분들의 어깨가 처져 보이고 힘겹게 느껴지는 경우가 종종 있다. 격세지감이라고나 할까?

사회 풍토가 그렇게 만든 것도 있지만 우리 교육자들 스스로의 문제가 더 크다고 생각한다. 교사들이 한해 한해 연륜을 쌓으면 베테랑 교사가 되어 젊은 교사들의 귀감이 되고, 그러면 젊은 교사들이 그분들을 존경하고 우러러보는 풍토가 당연히 조성되어야 하는데 현실은 그렇지 못하다. 원로교사들은 가르침에 대한 노하우와 함께 경륜을 쌓은 사람들이다. 반대로 젊은 교사들은 열정과 의욕으로 가르침에 임한다. 젊은 교사들이 때론 지나친 열정으로 인해 학부모들과 갈등을 야기하는 것을 볼 수 있는데 그때마다 원로교사들이 나서서 원만히 해결해 주는 경우를 가끔 볼 수 있다.

　　10년 전, 반 학생들의 오토바이 절도 사건 때문에 대전지검 홍성지청에 드나들면서 애를 먹었던 적이 있다. 경험도 없고 노하우도 없던 내가 교직 생활에서 처음으로 접한 위기 상황이었다. 그때 안타까이 나를 바라보던 나이 드신 원로교사 한 분이 축 처진 내 어깨를 두드리면서 "힘내!" 하시며 시장터 허름한 술집으로 데려가셨다. 그리고 소주를 따라주고 당신의 젊은 시절 교단 체험을 말하며 나를 위로해 주고 힘을 북돋워 주시던 반백의 선생님이 생각난다.

　　교육계가 봉착한 학교 붕괴와 공교육에 대한 불신감 등은 원로교사와 젊은 교사들이 머리를 맞대고 서로를 인정하고 협력하는 데서 시작해야 한다. 그렇게 보이지 않는 벽을 허물고 조화를 이룬다면 지금 위기에 처한 공교육의 성을 공고히 하는 데 큰 기여를 하리라고→크게 이바지하리라고 믿는다.

세대의 차이를 물리적으로 극복할 수는 없다. 그렇지만 정신적으로는 세대 차이를 얼마든지 극복할 수 있다. 어제의 지혜와 오늘의 열정이 손을 잡고 머리를 맞댄다면 내일의 희망을 분명히 찾아낼 수 있으리라. 땅에 떨어지고 있는 공교육의 탑을 굳건히 쌓아갈 수 있을 것이다. 퇴근 후 편안한 마음으로 원로교사를 모시고 소주잔을 기울이며 살아가는 이야기, 교육 이야기, 아이들 이야기에 시간 가는 줄 모르고 정을 쌓아가는 모습을 그려본다. 문득 세계적인 대문호 빅토르 유고의 말이 생각난다.

"젊음은 아름답지만 늙음은 고귀하다."

_2002년

망경산(望京山)에서 만난 삶의 스승

산길을 걷는다. 발목에 매달리는 낙엽의 표정이 살갑기만 하다. 정령신앙에 의하면 존재하는 모든 만물에는 다 그 나름의 생명이 깃들어 있단다. 가을 색을 닮아 말라버린 한 포기의 들풀, 가장 높은 하늘을 유영하는 하얀 구름 떼, 소리 없이 흐르는 한 줄기 바람에조차도 말이다. 고3 부장의 일 년이 거대한 메커니즘의 소용돌이 속으로 휩쓸려 간다. 참으로 힘겨운 한 해를 또 살았다. 살았다기보다는 참아냈다는 말이 더 정확할 것이다. 그만큼 복잡하고 크고 작은 일들이 많은 한해였다. 준비도 안 된 상태에서 갑자기 맡게 되어 시작한 고3 부장으로서의 한 해가 저물고 있다. 저무는 한 해의 꼬리를 생각하며 아쉬움을 달래고 잊어버리기 위해 찾은 산행이다.

배태망설! 아산 크라운제과 옆 주차장 이정표에 의하면 장장 20킬로미터다. 결코 짧은 거리는 아니다. 아니 평지도 아니고 산길인 것을 생각하면 전문 산악인이 아니라면 고난도 코스이리라. 초여름부터 천안·아산 지역의 비교적 낮은 산을 찾는 것이 습관화된 탓인지, 없어서는 안 되는 소중한 삶의 비타민이 되었다. 배방산을 오르는 초반부터 급경사에 나무계단으로 이루어진 난코스였다. 장거리에서 오는 중압감을 느끼기에 충분하다고 할 만한 코스였다. 한 시간을 걸어 배방산 정상에 오르니 낯설지만 반갑게 맞아주는 길손들이 있었다. 인근 배방 신협 직원들이 주말과 휴일을 이용하여 배방산을 오르는 등산객들을 시원한 매실차의 달콤함으로 맞아주고 있었다.

　두 차례 오른 적이 있는 태화산 코스는 전보다 낙엽이 흠씬 쌓여 있어 더 푸근하고 계절의 정취를 더욱 깊이 느낄 수 있었다. 발목 깊숙이 파고드는 낙엽의 포근함에 솔잎 향기가 더해져 일상에 지치고 찌든 가슴을 깨끗이 씻어주고 있었다. 산 이름에서 느껴지는 그대로 태화산은 사람의 마음을 한없이 평온하고 잔잔하게 감싸주었다. 맑은 날 서울도 보인다는 망경산(望京山)으로 가는 길은 내리막길이었다. 낙엽이 많이 쌓여 발길이 훨씬 가볍고 폭신폭신한 경쾌함까지 선사해 주었다. 태화산과 망경산을 가로지르는 넓티 고개를 지나자 망경산에 이르는 마지막 가파른 경사로가 우리를 기다리고 있었다. 비록 1.5킬로미터의 비교적 짧은 오르막이었지만 10킬로미터 가까이 걸어온지라 무릎이 아파져 오고 허벅지 근육이 폭폭해지는 느낌이었다. 돌계단이 많고 경사가 급한 위험하고 어려운 길이라 은근히 겁도 나기 시작했다. 망경산에서 하산하는 선행객들의 격려를 받으며, 또 망경산에서 우리를 기다리는 시원한 막걸리를 생각하며 어렵지 않게 망경산에 도착했다. 지난여름에 이어 두 번째로 오른 망경산의 모습은 정말 사람의 가슴을 맑게 씻어주는 매력이 느껴지는 산이다. 그런데 사 개월 만에 다시 만난 망경산은 내게 삶의 스승 같은 존재를 만나게 해주었다. 바로 망경산지기다. 망경산에는 5년째 등산객들을 위해 시원한 막걸리와 커피 그리고 생명수를 선사하는 망경산지기가 있다.

망경산지기의 삶은 파란만장했다. 중학교 때부터 음악에 눈을 떠 기타, 색소폰 등 악기를 다루기 시작했는데, 고등학교를 진학하면서부터 본격적으로 음악의 길로 접어들었다. 그런데 음악을 체계적으로 공부하기에는 인문계고등학교 특성상 적절치 않고, 교과서 공부만을 강요하는 선생님들과의 갈등으로 인해 학교를 옮길 수밖에 없었다. 그때부터 방황과 고생의 날들이 계속되었다. 산업화 시기에 예술이 환영받기란 쉽지 않은 일이다. 그래도 워낙 재주가 뛰어나고 좋아하던 터라 생활의 넉넉한 수단이라고까지 할 수는 없어도 전문 음악인으로 사는 삶은 행복하고 즐거웠다. 밤에는 음악 학원에서 아이들을 가르치고 가끔은 밤무대 업소에 가서 대중적인 음악의 세계를 이끌기도 했다.

망경산지기는 왼쪽 다리를 심하게 절고 있었다. 그런데도 매일 무거운 짐을 들고 망경산을 오르며 생활한다는 것이 신기할 정도였다. 저런 몸을 하고 어떻게 산을 오를 수가 있을까 하는 의구심이 들면서도 무언가 사연이 있겠다 싶어 조심스럽게 물어보았다. 십여 년 전 교통사고를 크게 당해 왼쪽 다리를 절단해야 하는 절박한 상황이었는데 숱한 절망과 갈등 속에서도 살기 위한 몸부림으로 악착같이 투병생활을 해서 다행히 다리를 절단하지는 않은 채 지금의 상태에 이르렀다는 것을 알게 되었다. 정말 대단한 인간 승리가 아닐 수 없었다. 또한 불편한 몸으로 힘든 일을 하시냐고 묻는 내게 그는 의외의 대답으로 나를 부끄럽게 만들었다.

"세상에 누구나 다 자기가 견딜 만큼의 짐은 짊어지고 사는 거 아니겠어요. 저도 견딜 만합니다. 그래도 산이 내게 다시 희망을 주었어요. 제가 매일 지고 다니는 저 짐들은 제 삶의 희망이에요. 저 짐을 내려놓는 순간 제 삶의 희망도 사라질 겁니다."

물리적인 무게가 문제가 아니었다. 불구의 몸이라는 절망적인 상황 속에서도 오히려 산을 오르고 가까이하면서 잃어버렸던 삶의 끈을 다시 찾을 수 있었다는 대답에 묻는 내가 오히려 부끄러웠다. 그렇다. 인간은 누구나가 다 자신이 견딜 만큼의 짐이 있기에 힘겹지만 자신의 인생에서 용기와 희망을 가질 수 있는 법이리라. 순간, 현실의 짐을 벗어버리기 위해 매주 산을 찾던 나 자신이 무척이나 부끄러웠다. 산에서 만난 산지기 앞에서, 새하얀 운해 속에 머리만 드러내고 있는 산봉우리들 앞에서 한없이 초라하고 작아진 내 모습을 발견하는 순간이었다. 흰 무명 이불을 펼쳐놓은 듯, 온 천지를 새하얗게 뒤덮고 있는 운해 속에서 내 자신의 감춰진 모습을 새롭게 만나는 기분이었다. 몹시 부끄러웠다.

그렇다. 삼십여 년 가까이 교직 생활을 하면서 나는 늘 가슴속에 힘들면 힘든 만큼의 불만을 품은 채 살아오고 있다. 가슴 한구석에 남아있는 짐이 있다. 그 짐을 내려놓으려고만 했다. 이제는 알았다. 내려놓으려 애쓰다 보면 그 짐이 점점 더 무거워진다는 것을, 그 짐으로 인해 내 삶의 적절한 긴장이 존재할 수 있고, 내 삶의 항해를 안전하게 유지해 주는 바닥짐이 된다는 것을, 내 삶의 평형수가 된다는 것을 이번 산행이 내게 선사해 준 소중한 가르침이다.

다시 만날 것을 약속하며 망경산을 뒤로 한 채 설화산까지 오는 길은 장장 8킬로미터가 넘는 다소 험한 길이었음에도 하나도 힘들다고 느껴지지 않았다. 항상 변함없이 제자리를 지키는 산들, 그 산에서 목마른 손님들의 갈증을 풀어주기 위해 자신보다는 더 무거운 짐을 가볍게 나르는 산지기, 지금껏 버리지 못해 몸부림치며 버려야 할 짐으로만 여겼던 내 가슴 속 삶의 무게들을 새롭게 발견하는 소중한 기회가 된 산행이었다.

설화산을 끝으로 초원아파트로 내려오는 길은 한결 가볍고 상쾌하기만 했다. 어둑한 농로를 걸어 아침에 출발한 주차장까지 왔을 때 22킬로미터를 완주했다는 성취감은 전혀 없었다. 다만 지금까지의 산행에서는 전혀 발견하지 못했던 내 삶의 소중한 인연과 새로운 가치들을 발견했다는 사실에 핸들을 잡은 손끝이 마냥 가볍기만 했다. 집으로 돌아오는 내내 망경산지기의 애정 어린 말이 메아리가 되어 가슴 속을 오래도록 맴돌고 있었다.

"누구나가 다 견딜 만큼의 짐들을 짊어지고 사는 법이에요. 그 짐을 내려놓는 순간 희망도 사라지는 법입니다."

필론의 돼지

    인생을 살면서 끊임없이 부딪치는 문제가 있다. 바로 '어떻게 사느냐'의 문제이다. 설산을 고행했던 부처와 황야를 방황하던 예수의 이야기가 아니더라도 하루하루 주어지는 우리의 일상은 충분히 아프고, 또 정신의 회로가 엉키는 고통 속에서 살고 있다. 그리고 그 고통 속에서 벗어나려는 처절한 몸부림은 안타깝기까지 하다. 돌파구가 보이지 않는 터널 속 같은 삶이라면 더욱 그럴 것이다. 시민단체 운동에 대한 홍위병 논쟁으로 유명한 매카시즘의 기수, 이문열의 소설에 〈필론의 돼지〉라는 작품이 있다.

    필론이 한번은 배를 타고 여행을 했다. 배가 바다 한가운데서 큰 폭풍우를 만나자 사람들은 우왕좌왕하였고, 배 안은 곧 수라장이 됐다. 울부짖는 사람, 기도하는 사람, 뗏목을 엮는 사람…… 필론은 현자(賢者)인 자기가 거기서 해야 할 일을 생각해 보았다. 도무지 마땅한 것이 떠오르지 않았다. 그런데 그 배 선창에는 돼지 한 마리가 사람들의 소동에는 아랑곳없이 편안하게 잠자고 있었다. 결국 필론이 선택한 것은 그 돼지의 흉내를 내는 것뿐이었다.

농민들이 삶의 터전을 위협받으며 죽어가고 있다. 비닐하우스에서 인간 이하의 삶을 부지하던 촌부가 농약을 먹고 스스로 목숨을 끊는가 하면, 농업 전면 개방 반대 시위를 하던 농민 두 명이 안타깝게도 경찰의 무자비한 진압 작전에 희생되었다. 미국을 중심으로 한 강대국들의 무한경쟁 원리인 신자유주의의 메커니즘에 노동자, 농민들이 피를 흘리며 죽어가고 있다.

지난해 11월, 부산 에이펙 국제 정상 회의는 미국과 일본을 위시한 강대국의 신자유주의 경제 체제를 공고히 하면서 '반테러'라는 다소 변질된 안보 문제를 부각시키고, 끝내는 환경문제와 인권문제를 외면한 채 끝이 났다. 세계화 시대라는 패러다임을 완전히 도외시할 수는 없겠지만 우리 사회의 빈익빈 부익부 현상을 부추기면서 절대적 약자인 노동자와 농민, 나아가 제3세계 및 후진국의 목만 조이는 삶의 굴레를 더욱 튼튼히 만들었다고 할 수 있다. '정의가 힘이 아니라, 힘이 곧 정의'라는 정글의 법칙을 인간 세상에서 느낄 수밖에 없는 오늘의 현실이 가슴 아플 따름이다.

사회현상을 보는 관점은 처해 있는 상황과 가치체계에 따라 다양할 수 있다. 그러나 분명한 것은 본인이 그 상황의 중심에 서려는 노력이 있어야 한다는 점이다. 또한 관심을 갖고 깊이 고뇌하는 모습을 보여야 한다. 다분히 그러한 시각을 가져야 한다. 수수방관하는 자에게서 사회적 인식의 폭을 발견할 수는 없다. 이웃의 아픔과 사회적 고통을 외면한 채 자기만의 안일에 빠진 즉자적 삶은 향기를 발할 수 없다. 필론의 어리석음을 되풀이하는 자에게서 무슨 미래를 기대할 수 있겠는가? 결코 행복한 미래를 보장받을 수 없는 법이다.

세계적 우상의 자리를 꿈꾸던 한 과학자로 인해 온 나라가 시끄럽다. 학자로서의 윤리적 양심 문제를 차치하고서라도 왠지 모를 답답함과 씁쓸함이 쉽게 가시지 않는다. 결국은 '어떻게 사느냐' 하는 삶의 방식 문제로 다시 귀결될 수밖에 없다. 자기 안에 머물러 있는 근시안적인 생각을 버리고 성급한 결과만을 탐하는 성과지상주의를 철저히 경계하자. 눈은 먼 곳을 응시하되 손과 발은 현실의 테두리 안에서 바삐 움직여야 한다. 그러면 미래를 현실로 만드는 노력이 삶의 중심에 맞혀질 것이고 자기 인생의 참된 주인공으로 거듭날 수 있다.

우리 시대 필론의 우를 다시 범할 수야 없지 않은가?

_2006년

살아있는 진실, 그리고 인권

영화 〈변호인〉! 역시나 기대를 저버리지 않았다. 송강호가 출연 제의를 받고 무척 고민한 이유를 알 것 같다. 한 편의 영화가 시대의 질곡을 고발하는 동시에 인간적 아픔과 진실을 담아낼 수 있음을 다시금 각인시켜 주었다. 영화는 가슴 뜨거운 이름, 노무현과 부림사건을 토대로 송강호의 카리스마 연기가 조화를 이루어 진정성과 감동을 보여주기에 충분할 정도로 잘 만들었다. 인권과 진실과 정의라는 다소 무겁고 장중할 수 있는 주제지만 배우들의 내공이 느껴지는 연기력과 진실의 문제로 관객들을 영화 속으로 몰입시키는 흡인력 강한 수작이다.

질곡의 시대였던 1980년대 군사독재정권의 폭력에 맞서 애처로울 정도로, 그러나 당당하게 진실과 인권을 지켜내는 한 변호사의 모습 속에서 삶의 진한 감동과 함께 인생의 방향성을 제시받을 수 있어서 더욱 좋다. 동서고금의 오랜 주제이자 고뇌의 문제인 '어떻게 살 것인가'에 대한 물음에, '결과가 아닌 과정의 진정성'을 답으로 얻기에 충분한 영화가 아닌가 한다.

그리고 현실의 문제로 눈을 돌려본다. 민의를 저버리는 국정원 선거 개입 문제를 비롯하여 무소불위의 권력을 무기로 민주주의를 위협하고 노동자를 탄압하면서 국가 기간산업을 자본의 논리에 따라 민간 기업에 팔아넘기는 참으로 무책임한 일이 자행되고 있다. 박근혜 정권하에서의 폭압적이고 불합리한 현실이 영화 속 팔십 년 대와 별반 다르지 않은 것 같아 서글프고 가슴이 답답하다.

노무현 대통령이 가신 지도 5년이 지나갔다. 아내와 함께 2010년 새해 벽두에 노무현 대통령의 생가인 김해 진영을 방문했었다. 기념관을 돌아보고 부엉이바위에 오를 때는 가슴이 떨려왔다. 그리고 불의에 항거하고 정의를 외치며 실천 중심의 가치를 지향하던 그분의 카랑카랑한 육성이 환청인 듯 귓가를 맴돌았다. 눈물이 났다. 한참을 생각에 잠겼다가 말없이 산을 돌아 내려 와 아내와 함께 너럭바위 앞에서 머리를 숙였다. 내 마음속 최고의 대통령인 노무현 대통령님의 넋을 기리며 참배했다. 그리고 따스한 서민적인 인간미로 약자를 위하며 진실을 위해 살다 간 그분의 삶을 다시 떠올렸다. 가슴이 저리고 먹먹해졌다. 유서의 한 대목이 가슴에 진한 울림으로 다가왔다.

"너무 슬퍼하지 마라.

삶과 죽음이 모두 자연의 한 조각 아니겠는가? 미안해하지 마라. 누구도 원망하지 마라. 운명이다. 화장해라.

그리고 집 가까운 곳에 아주 작은 비석 하나만 남겨라.

오래된 생각이다."

영화의 마지막 엔딩 크레딧이 계속될 때까지 한 사람도 자리를 뜨지 않은 채, 숨죽여 영화관을 지키던 관객들의 모습에서 진실이 살아 숨 쉬는 정의로운 민주시대로의 회귀를 그려본다.

_2014년

천안함 정국에 표류하는 대한민국호

고대 이집트 전설에 의하면 나일강 강가에 사람을 잡아먹는 악어가 있었다고 한다. 그런데 그 악어는 사람을 잡아먹고 난 뒤에 그를 위해 눈물을 흘렸다. 이유는 자기에게 잡아먹힌 사람이 너무 불쌍해서란다. 사람을 잡아먹고 흘리는 눈물이 진심일 수 있겠는가. 바로 악어의 눈물이다. 상대를 곤경에 빠뜨리고 흘리는 악한의 거짓 눈물이나 백성들을 도탄에 빠뜨린 권력자가 흘리는 가식적 눈물을 일컫는다.

나라가 시끄럽다. 출구가 보이지 않는 터널 속 경제적 위기 상황이 채 가시기도 전인데 말이다. 지난 3월 26일 우리 국민들의 이목을 집중시켰던 천안함 침몰 사건이 한 달이 넘어가는 데도 여전히 그 얘기만 계속되고 있다. 대한민국 전체가 목적지와 방향을 잃은 채 떠돌고 있는 형국이다. 국민들의 마음은 답답함을 넘어 불안의 나락으로 떨어지고 있다. 그런데 정부 당국은 원인을 전혀 밝히지 못하고 있다. 게다가 대통령은 제대로 된 지휘체계 하나 갖추지 못한 채 허둥대며 엄중 대처만 부르짖다가 급기야는 눈물로 국민들의 감정에 호소하고 있다. 진정성이 의심

되는 눈물에 씁쓸한 마음을 감출 수가 없다. 억울하게 유명을 달리한 젊은 영령들의 희생이 안타까울 따름이다.

대통령이 눈물을 흘리며 침몰 원인 제공자에 대한 단호한 대처를 부르짖은 것과는 달리 희생자 가족들의 반응은 사뭇 대조적이다. 희생자 가족들의 기자회견 내용을 보면 정부 당국자와의 현격한 인식의 차이를 확인할 수 있다. 상대도 밝히지 못한 채 단호한 응징만 천명하는 대통령과는 달리, 희생자 가족들은 그 옛날 복수혈전 식의 대응에 분명히 반대한다며 우리 정부의 응징으로 인해 또 다른 희생자 가족들이 가슴 찢어지는 아픔을 겪는 것을 원치 않는다고 밝혔다. 참으로 속 깊은 생각과 가족의 희생으로 인해 느껴지는 고통의 깊이에 절로 머리가 숙여진다. 희생자 가족들의 고뇌 어린 결단과는 달리 정부 당국자들의 안일하고도 가식적인 대응이 한심스럽다.

그런데 사실 이번 사고로 인한 문제 중 우리가 진실로 우려하는 것은 위기대처 매뉴얼의 유무나 유사시 지휘보고 체계의 문제가 아니다. 근본적 문제는 이번 사고로 인해 우리 국정이 엄청난 난맥상에 얽혀들고 있다는 사실이다. 정부 당국자는 무소불위의 권력으로 장악한 방송과 언론을 앞세우고 보수언론을 동원하여 국민들의 눈과 귀를 천안함 침몰 사건에서 헤어 나오지 못하게 하고 있다. 그러고는 상머슴 도둑질하듯 주먹구구식으로 반사이익을 챙기고 있다.

세종시 문제를 비롯하여 환경파괴에 몸살 앓는 4대강 문제는 물론 지난 2년 동안의 실정을 심판받을 6·2지방선거로부터 국민들의 관심과 시선을 멀리하려는 작태가 참으로 한심하다. 게다가 북한 노동당 비서를 지내다 귀순한 지 10년도 넘은 황장엽을 암살하려는 간첩단 검거 사실 발표는 참으로 어처구니없다. 시기상 절묘한 타이밍에 실소를 금할 수가 없다. 무슨 해괴망측한 간첩 얘기로 국민의 여론을 호도하려는 것인지 한심하기 짝이 없다. 게다가 심각하게 우려할 사안은 남북 관계다. 지난 10여 년 동안 상호교류와 만남으로 형성된 화해 무드가 다시 얼어붙고 있다. MB 정부의 고압적 자세와 냉전적 대응으로 인해 한반도에 극도의 긴장감이 조성되고 있다. 온 나라가 안보정국에 휩싸이는 답답한 상황을 우려하지 않을 수 없다.

그런데도 청와대와 정부 당국은 이번 사고의 원인이 지난 10년 민주 정부의 대북정책이 불러온 예견된 결과라느니, 불리하게만 돌아가던 세종시 여론이 정부 여당에 유리하게 작용하고 있다느니 떠들며 쾌재를 부르고 있다. 참으로 아연실색하지 않을 수 없다. 억울하게 희생된 젊은 영령들에게 부끄럽지도 않은가. 청와대와 정부 여당의 행태를 보면 우리나라가 제대로 가고 있는 건지, 역사의 수레바퀴가 고갯마루를 넘지 못하고 거꾸로 밀리는 느낌을 지울 수가 없다. 군사독재 정부 시절을 상기시키는 정부의 행태에 분노를 넘어 서글픔마저 느껴진다.

지금이 어느 시대인가. 예로부터 백성은 바다요, 군주는 그 바다 위를 항해하는 돛단배라고 했다. 바로 군주민수(君舟民水)다. 진심으로 백성을 두려워하면서도 아끼고 보호하려는 마음이 아쉽다. 중요한 것은 연속되는 정국의 불안과 무능함에 답답해하는 국민들의 마음을 읽을 줄 알아야 한다는 사실이다. 천안함 침몰과 함께 깊은 나락으로 빠져버린 대한민국호를 건져 올려야 한다. 그리고 정상적인 항로를 찾아 순항해야 한다. 몸살 앓으며 죽어가고 있는 4대강 문제나 세종시 수정안을 철회하고 분명한 해법을 제시해야 한다. 또한 우리 사회의 고질적인 병폐인 부패 검찰도 문제가 심각하다. 최근에 불거진 검사를 비롯한 검찰 관계자들의 뇌물수수와 성 상납 비리는 입에 올리기도 부끄러운 일이다. 하루빨리 검찰 개혁에 앞장서야 한다. 그런데도 정부 당국은 산적해 있는 문제와 국가적 위기 상황을 해결하려는 노력은커녕 여론을 호도하여 6월 지방선거에서의 승리에만 혈안이 돼 있다.

대통령과 정부 당국자는 무능력과 그동안의 실정에 대한 뼈저린 자기반성이 필요하다. 국민들이 경제적 위기와 사회적 불안 속에서 안정을 찾고 정상적인 삶을 살도록 모든 지혜와 힘을 모아야 한다. 국가경영은 심심풀이 소꿉장난이 아니다. 지금은 국가의 장래와 한반도의 명운이 걸린 중차대한 상황이다. 잘못된 정책에 대한 냉철한 성찰과 진정으로 머리 숙일 줄 아는 성군의 지혜와 국민들을 하늘로 여기며 받드는 용기가 필요하다.

　이번 천안함 사고는 너무나 큰 아픔이다. 두 번 다시 일어나서는 안 될 사고이다. 선체 결함이든 외부 원인이든 재발방지책을 확고히 마련해야 한다. 더욱 가슴이 아픈 것은 금양호 선원들이다. 천안함 실종 장병들의 구조 작업에 참여했다가 억울하게 죽어간 금양호 선원들에게는 아무도 주목하지 않고 있다. 위정자의 눈물이 악어의 눈물일 수밖에 없는 증거이다.

　아직도 차디찬 바닷속을 떠도는 영혼들과 억울하게 죽어간 젊은 영령들의 죽음에 머리 숙인다. 진정 이번 희생이 마지막이기를 바란다. 순풍에 돛을 달고 검푸른 바다를 가르는 대한민국호의 순항을 바라는 게 정녕 꿈이 아니었으면 좋겠다.

_2010년

정권의 시녀냐, 정의의 판관이냐

사법부가 흔들리고 있다. 최근 신영철 대법관의 부적절하고 잘못된 언행이 도마 위에 올라 있다. 신 대법관은 서울지방법원장 시절 촛불시위문화 참가자들의 재판에 몰아주기식 배당으로 물의를 일으켰다. 그 후 대법관으로 자리를 옮긴 뒤, 같은 재판을 맡은 법관들에게 다섯 차례에 걸쳐 이메일을 보내 담당 재판관들에게 시위참가자들의 유죄판결 압력을 행사한 사실이 법관들의 증언으로 밝혀지고 있다. 이에 대해 국민들의 비판 여론이 높아지자 대법원 진상조사위원회가 자체 조사를 벌여 신 대법관의 직권 남용을 인정했다.

이번 사건은 매우 공정치 못한 위법 행위이다. 판사는 헌법과 법률에 의해 그 양심에 따라 독립하여 심판해야 할 책임과 권리가 있다. 그런데 신 대법관이 이메일을 보낸 것은 담당 법관들에게 사실상 유죄 선고를 독촉한 것과 다름이 없다. 이것은 사법부의 독립과 위상에 치명적인 영향을 미칠 수 있는 중차대한 사건임이 틀림없다. 더욱이 이용훈 대법원장의 암묵적인 묵인하에 이루어졌고, 촛불시위문화에 대한 청와대 최고 권력자의 부정적인 시각에 편승해 유죄판결을 유도했다는 말이 있는데 심히 걱정스럽다. 그것이 사실이라면 법조계를 대표할 만한 권력을 가진 자의 비이성적이고 온전치 못한 처사에 개탄을 금할 수가 없다.

그리스 신화에 나오는 정의의 여신 테미스의 오른손에는 양날의 칼이, 왼손에는 천칭 저울이 들려있다. 그리고 눈은 가려져 있다. 천칭 저울은 죄의 값을 재는 도구 내지는 기준으로 공평한 재판을 뜻하며, 칼은 판결에 따라 정의를 실현하라는 뜻이다. 또한 눈을 가린 것은 정의와 불의를 판정하는 데 있어 사사로움을 떠나 공정함을 유지해야 한다는 의미로 해석된다.

과거 군사독재정권 시절, 사법부의 판사와 검사들이 정권의 시녀로 전락한 사례들이 여러 차례 있었다. 인혁당 사건이나 긴급조치 9호 위반이라는 미명하에 자행된 민주인사들에 대한 정치 재판관들의 잘못된 판결이 대표적이다. 그러나 지금은 자유와 정의와 인권이 그 무엇보다도 우선적 가치로 자리매김한 시대다. 21세기에 이런 일들이 일어나다니 군사독재 시대에 살고 있다는 착각이 들 정도로 어처구니가 없다.

얼마 전, 야간 및 옥외 집회 시위에 대한 금지 조항에 대해 헌법소원을 제청한 서울지방법원 박재영 판사가 스스로 법복을 벗었다. 이유인즉슨 현 정부의 불도저식 정책에 공직자로서 부담을 느끼고, 현 정부의 모습에 진정성이 느껴지지 않는다는 것이었다. 지금 국회와 정부가 잘못된 정책으로 인해 민심으로부터 외면당하고 있다. 여기에 사법부마저 형평성을 잃고 잘못된 판결을 강요한다면 국민들이 더 이상 기대고 믿을 곳은 없다.

무릇 재판관이라면 법정 사안의 처리에 있어 한 치의 오차도 없는 공정하고 올바른 판결로 정의 실현에 앞장서야 한다. 그렇지 않아도 경제 침체 속에 국민들의 고통이 극에 달하고 정부와 정치권에 대한 불신이 높은 상황이다. 이번 사건은 국민적 신뢰를 상실할 만한 큰 실수이자 사법부의 치욕이다. 우리 사회에 만연해 있는 유전무죄 무전유죄도 모자라 유권무죄 무권유죄(有權無罪 無權有罪)란 신조어로 국민들의 가슴에 비수를 꽂아서는 안 된다. 촛불시위문화 참가자를 비롯한 용산참사 관련자 등 모든 법정 사안에 대해 올바르고 공정하게 판결해야 한다. 그리고 신 대법관에 대해 마땅히 형사적 책임을 물어야 한다. 그것만이 위기에 처한 사법부가 거듭나고 흔들리는 위상을 되찾을 수 있는 방법이다. 사법부는 힘없는 우리 민초들이 기댈 수 있는 마지막 보루이자 자존심이지 않은가. 대법원 정원에서 이번 사태를 지켜보고 있는 정의의 여신은 과연 무슨 생각을 할지 자못 걱정스럽다.

_2009년

삶의 무늬가 된 인연들

초판 1쇄 인쇄 2024년 07월 16일
초판 1쇄 발행 2024년 07월 24일
지은이 김형규

펴낸이 김양수
펴낸곳 도서출판 맑은샘
출판등록 제2012-000035
주소 경기도 고양시 일산서구 중앙로 1456 서현프라자 604호
전화 031) 906-5006
팩스 031) 906-5079
홈페이지 www.booksam.kr
블로그 http://blog.naver.com/okbook1234
페이스북 facebook.com/booksam.kr
이메일 okbook1234@naver.com

ISBN 979-11-5778-656-5 (03800)

맑은샘, 휴앤스토리 브랜드와 함께하는 출판사입니다.